2023年山西省作家协会
繁荣中长篇创作出版工程项目图书

被需要 就是我的幸福

刘桂珍和父老乡亲们

苏二花 著

山西出版传媒集团 北岳文艺出版社
·太原·

图书在版编目（CIP）数据

被需要就是我的幸福：刘桂珍和父老乡亲们 / 苏二花著．—太原：北岳文艺出版社，2023.6

ISBN 978-7-5378-6700-9

Ⅰ．①被… Ⅱ．①苏… Ⅲ．①纪实文学－中国－当代 Ⅳ．① I25

中国国家版本馆 CIP 数据核字（2023）第 058188 号

被需要就是我的幸福

——刘桂珍和父老乡亲们

苏二花◎著

出品人
郭文礼

责任编辑
李向丽
武慧敏

装帧设计
张永文

印装监制
郭勇

出版发行：山西出版传媒集团·北岳文艺出版社
地址：山西省太原市并州南路 57 号　邮编：030012
电话：0351-5628696（发行部）　0351-5628688（总编室）
传真：0351-5628680
网址：http：//www.bywy.com　E-mail：bywycbs@163.com
经销商：新华书店
印刷装订：山西人民印刷有限责任公司

开　本：787mm × 1092mm　1/16
字　数：143 千字（21 幅图）
印　张：16.25
版　次：2023 年 6 月第 1 版
印　次：2023 年 6 月山西第 1 次印刷
书　号：ISBN 978-7-5378-6700-9
定　价：69.80 元

刘桂珍和父老乡亲们

• 山西省忻州市代县峪口镇段家湾村党支部

刘桂珍在田间地头给村民讲解国家惠农政策 •

· 段家湾村村头一景

序 /

大山的女儿

一连几天下雨，把太原五月的春暖花开又逼回到春寒料峭，原本挡也挡不住的那些妖娆春色，全都躲回树梢枝头。太原如此，一路往忻州方向出发，雨虽然停了，春色却愈发短缺下来，公路两旁乔灌杂处，在春寒中绿得不那么老道，好在田地里的庄禾已经有尺把高，远远看去颇具阵势。

此行的目的地是代县峪口镇段家湾村，任务是采访全国劳模刘桂珍。

我早就听说过刘桂珍。那是 2019 年太原市举办“时代新人说”演讲比赛，演讲以“讲时代故事，发时代先声，做时代新人，领时代新风”为主题，“给平凡人一个绚丽舞台，让劳动者唱响时代之歌”。演讲比赛引发轰动，登上“时代新人说”演讲舞台的是导游，是干警，是体检医生，是一线工人，是林业工作者，是返乡创业者，是社区服务人员，是身边随时路过的一个人，是小时候的一个同学，是单位的一个同事，是住在隔壁的邻家大叔。似乎是，伟大只能出自日常，不凡皆来源平凡，细究下去就会明白，每一个认真干事的人其实都伟大，都不凡，很好地诠释了那句话——活着的意义，就是活着本身。这样一想，小说的意味就出来了，每一位“时代新人”都是一篇质地优良的小说，只要用心，定能从司空见惯里挖出不朽，从日复一日里找出光辉。

因为关注“时代新人”，我又知道了大宁县的贺星龙，他是个普通乡村医生，数十年来，骑摩托车为周围十里八村的老乡义务出诊，被称为“摩托医生”。二三十年时间里，贺星龙每天二十四小时待命，骑坏七辆摩托车，背破十二个行医包，行程四十万千米，出诊二十余万次。因特殊贡献，他获得很多奖章和荣誉称号，有“全国向上向善好青年”“最美医生”“山西道德模范”“白求恩奖章”“全国岗位学雷锋标兵”“中国青年五四奖章”“全国优秀共产党员”等。

《山西文学》2018 年第 5 期“非虚构”栏目，发表了由贺星龙口述、陈克海笔述的《摩托车上的医院》。“春天已在，极少数像春天那样美好的人，也在。很多时候，朴素与善良正代表着伟大，而又有多少人可以做到这份平凡的伟大呢？”作家陈克海这样写道。

确实，朴素与善良是绝大多数人的常态，把这种朴素与善良很好地叙述出来，伟大就自然呈现，作家靠近当事人，陈述当事人，感受当事人，这就叫深入生活。正当我为贺星龙的事迹感慨不已的时候，有人对我说：其实，你们代县也有一个与贺星龙类似的全国劳模，叫刘桂珍。

那是我第一次听说刘桂珍。劳模还是全国性的，我一点没觉得稀奇，反倒觉得理所应当。位于山西东北部的代县，北据恒山余脉，南跨五台山麓，滹沱河横贯东西。境内有雁门关雄踞，素有“三关重地”“九寨之首”之称，历史上常为兵争戍守要地。世代生息在这块土地上的人，素以勤劳勇敢和反抗精神为传承。在抗日战争和解放战争中，无数代县儿女血洒疆场，共谱英雄史篇。中华人民共和国成立后，在代县这片热土上，又生发出无数朴实善良的人和故事，紧跟时代，紧跟发展，脚步不歇，奋斗不止，用自己的双手和汗水创建美好家园。改革开放以来，代县人更是开创了经济建设的新局面。这样的代县，人杰地灵，慷慨悲歌，无论出什么样的人物都在情理当中。

当时我就在想，怎么能把刘桂珍转换成一个小说人物，去塑造，去展现，让朴素和善良如春天般铺满人间。

直到这次采访成行。

车出忻州，过代县城，一路往峪口镇段家湾行进。太阳不断升高，但道路两旁的景象却越来越寒素。庄稼苗只有一拃高，从塑料膜下探出头，看上去很努力。不由自主，心底还是起了一声叹息。“伟大”就两个字，却从来没容易过，只有那些能从平凡中打熬出伟大的人，才堪称伟大。

树上的新绿在寒冷中打着哆嗦，长尾巴喜鹊喳一声叫飞上枝干简约的老树，远处零星的房屋往车后迅速奔跑，山不再是远处的镶边，已经能伸手触摸。

冷，清，静。多次转弯后，现出段家湾。

段家湾是隐藏在崇山之后的典型晋北乡村，你想要找的一切乡村特质都能在这里找到。树，草，弯曲的溪水；羊，鸡，远处立着的松鼠；灰瓦房，山石垒就的墙，挂在屋檐下风干中的玉米；卷尾巴的黑狗，积攒的柴火，溜墙角的耗子；干瘦而牙龈萎缩的大爷，精心建筑的村委会，以及玻璃窗后映出的三角梅。

城镇化进程后，乡村早已不再是唐诗宋词里或写在语文课本里的乡村，“把酒话桑麻”已经是一种过去式。但当下乡村也绝非文学描写或固有观念中的乡村，如果有人还把乡村定义为落后、愚昧和贫穷，那只能反证他自己正具备上述这些特质。事实上，现在的乡村正以一种前所未有的姿态和景观等着人们来重新认识和重新定义，尤其是“美丽乡村”“脱贫攻坚”之后。

“关注农村，书写农民，几乎是每一个山西作家都无法绕开的情结，它是一个优势，有时候也可能是一个局限。应该看到，一茬一茬作家在处理题材和表现对象的时候，眼光是不一样的，所要传达的思想和主题也不尽相同。”诚如斯言，随着年龄增长，我越来越愿意写身边的人和事，也越来越愿意在写作中品味平凡人的伟大之处。这是个细致营生，是用大刀劈开蝉翼细数其中脉络。但非常值得，朴素与善良散发出的味道越来越召唤我，使我愿意与之靠拢、靠近。既然书写农村和农民是每一个山西作家都绕不开的情结，既然它是优势也是局限，那我先从突破自己开始，不写擅长的小说而写非虚构。

来之前，我了解到，刘桂珍获得了多项国家级荣誉奖，其中包括全国三八红旗手标兵、全国劳动模范、全国优秀党务工作者等。省级荣誉奖则更多，如山西省脱贫攻坚奖奋进奖、山西省五一劳动奖章、山西省特级劳动模范等。

市级、县级和乡级荣誉也不少，就不一一列举了。我想说的是，刘桂珍一米五几的个子，八十来斤的体重，却同时身兼四重工作——乡村医生、乡村教师、村党支部书记、村民委员会主任。从她获得的荣誉来看，她显然把每一份工作都做到极致，做到高山仰止。她本身就是非虚构，她不需要作家去塑造、去描写、去刻画，她早已在日常生活中把自己塑造、描写、刻画好了。她甚至在塑造描写刻画自己的时候，把段家湾也塑造描写刻画好了，把担负的四个重担也用她自己的方式一一塑造、描写与刻画，并赋予全新色彩和全新含义。

之前从未见过面，但我还是一眼认出刘桂珍，因为她那双晶亮的眼睛。我做自我介绍：我也是代县人。

她和我拉拉手。

太阳出来了。

段家湾的春天不妖娆，甚至有些寒素，但实实在在暖人。

南山的太阳金色涂就，光芒万丈，天空和云彩是饱和度极高的暖色，是希冀和明妍一层层叠加后完全融合下的摊开，与炽热、爱恋、奉献相关；山头过渡了一下暖色，后就以一路铺泄的态势进入浅绿、深绿乃至青色和藏青色，暖色调变成平静、通透、深情的冷色调；而土色的田地和小路，灰瓦覆盖下的房屋与河石垒就的院墙，以及明亮曲折的小溪水则为中色调。山西代县峪口镇段家湾村，裁剪南山这一截儿，绷在时代的画板上在进行描绘，站在段家湾村委会门前的是段家湾村党支部书记兼村主任刘桂珍，在画板正中。刘桂珍有一双晶晶亮亮的眼眸，是这大山孕育出的精灵，她站在那里暖意十足地笑着，成为这幅兼有暖、冷、中色调画轴的点睛之笔，整幅画因她而灵动，有了立体质感，起了奔跑态势。

抹去色彩，拉低对比度，去掉高光、摘除田园风光的滤镜，坐在时代进程的车窗里，你再看，山西代县峪口镇段家湾，在南山脚下，山苦寒，水细瘦，乡穷，土僻，看久了是一滴泪，内含多少酸楚与叹息。时间在这个空间里忘了行进，空间在此刻空旷又茫然。刘桂珍是段家湾村党支部书记兼村主任，有一双晶亮的眼眸，是大山孕育的精灵，她站在段家湾村委会门前，暖意十足地笑着。因了这晶晶亮的眼眸、因了这暖意十足的微笑，段家湾灵动起来，有了层次与递进，起了昂扬奔跑的态势，窝在这里的时间与空间一时全都被盘活，有了表情有了言语有了灵魂，有了急于要讲述的故事。

目录

“嗵”一声响

刘桂珍骑着的自行车撞了。“嗵”一声，响在 1978 年的高考季里，也响出了她的命运转折点。

这是 1978 年一个阳光明媚的日子，十五岁的刘桂珍怀揣着与她年龄相匹配的梦想，骑着自行车赶往高考考场。在这个梦想里,脚下的路与大学连接,大学与城市连接,与城市连接的,是完全不同于段家湾的生活与生活场景，这个梦想四周围着蕾丝花边,闪着光耀的金星,发着瑰丽的色彩,插着洁白的羽翼。

梦想意味着无穷的可能，梦想是亲手打造一切的开始。

世界如此之新，一切尚未命名。

刘桂珍是瞒着父亲奔赴考场的，原本父亲要她参加赤脚

17 岁时的刘桂珍

医生培训。但在刘桂珍自己，是想考个大学。就在前一年，也就是 1977 年，中断十年的高考恢复，这个转机改变了无数中国青年人的命运。刘桂珍正是无数知识青年中的一个，她也想要用纸和笔奏响独属自己的进行曲。

路上，刘桂珍的自行车与人撞了。“嗵”一声响，像是有一个东西被撞碎了，又像是有一个什么巨大的东西被撞开了，发展、时代、使命、命运由这个决口喷涌而出。

这一撞，刘桂珍错过了高考时间，没能进入考场，只好返回段家湾。

段家湾距离县城二十公里，与武强、讲堂、舜王寺、埠歌坪、陆高、偏桥一起，散落在南山脚下，隶属峪口镇。

从县城回段家湾的路很平坦，刘桂珍被撞的自行车原本链条发“轴”，转整圈的时候会发出嘎吱嘎吱的轻响。好奇怪，上了这条回段家湾的路，自行车不响了，链条也不“轴”了，倒像是一个认家的小马驹，不用刘桂珍怎么用力它自己就飞驰起来。道路两旁栽着两排杨树，后一排笔直，前一排遮伏，远望如同给道路搭了个拱形门。

拱门如隧道。在1978年这个时间轴上，正是中国惊心动魄的转折之年。在这一年，一场有关真理标准问题的大讨论在全国展开；一场决定中国未来命运的十一届三中全会召开；一张树立中国在世界战略地位的《中美建交公报》发布。举国上下，生机勃勃。未来以美好铺路，等在前方，召唤每一个奋斗的中国人。

十五岁的刘桂珍也开始探索自己的人生与命运，风里裹着杨树叶的清新，南山在远处画下黛眉，峪河水蜿蜒流淌，有着眼睛一般的明媚与闪烁，小树林腰间缠绕着白色云雾，似有还无，如羽如纱。这是家乡，与课本中里的汉赋唐诗高度一致，是“绿树村边合，青山郭外斜”，是“梅子金黄杏子肥，麦花雪白菜花稀”，是“涧户寂无人，纷纷开且落”，是“山下孤烟远村，天边独树高原”，押着韵，合着仄，令从没有离开过故土的刘桂珍，起了对故土的相思与爱恋。以十五岁的年龄和心境，这一路都是走在汉赋唐诗篇章里，刘桂珍庆幸自己读过书，眼里看到的，都能找到不朽的诗词歌赋来与之对应，都能把这些化作感知与气息，融入自己的血液与呼吸，她因此而充盈、丰沛，饱满、深情。

远远看到砖塔。那时洪福寺的砖塔，手指一样指向天空。洪福寺在峪口镇政府院里，看到它，段家湾就不远了。

道路一转，山势陡然逼仄，秃山石崖，房屋因山就势错落在两山夹一沟间，一湾小河水，滋养沿河两岸大片好地，这就是段家湾。刘桂珍回来了。

刘桂珍回来了，父亲刘白小暗自松了口气，再次把乡里的通知书拍给刘桂珍。通知书是通知刘桂珍参加赤脚医生培训的。刘桂珍不愿意干赤脚医生，心心念念，只想考大学。“有那么多人能去，凭什么非得是我？”她小声嘀咕了一句。

父亲刘白小说：“村里就你一个高中生，你不干谁干？”

父亲刘白小是抗战老党员，在段家湾做支部书记几十年，常挂在嘴边的话是：“要是没有私心，啥事情都好办。”刘桂珍不知道想考大学算不算私心，但父亲刘白小没有私心是肯定的。生产队里分粮、分菜，刘白小都是把好的分给村民。在那个连菜叶子都珍贵的年代，好几回分萝卜缨，刘白小都把本该分到自己家的萝卜缨给这家一把，给那家一把，到最后，自己家的没有了。为此，母亲经常与父亲吵架。“人家实在熬不下去了，”父亲辩解。他倒忘了自己家也有儿女六个。

家里姐弟六个，刘桂珍是老四，上头三个姐姐，下头两个弟弟。父亲是个严肃的人，家里人都听他的，他说出话来没人敢反对。父亲耐下心来给刘桂珍说，按照政策，赤脚医生要么是医学世家，要么是高中毕业且略懂医术病理的人，要么就是知识青年，段家湾符合条件的就只有你一个。

第二天，刘桂珍起个大早骑着车出发。这一回，她没有去考场，而是去参加赤脚医生培训班。父亲说得对，村里就你一个高中生，你不干谁干！段家湾又小又偏，乡亲们生活艰难，有了病都用骨头扛着，不到万不得已，不会踏进医院的大门。有病得不到医治，乡亲们往往是小病拖成大病，大病拖成重病，能有个村医，解决看病难的问题，是乡亲们一直以来的盼望。“这也是村委会的决定！”父亲最后说。

与刘桂珍一起出发的还有南山。南山看着刘桂珍长大，又赋予刘桂珍聪慧、通透以及无与伦比的良善。代县南山由舜山、凤凰山和紫金山相连组成，三座山都是段家湾的靠山，都参与了对刘桂珍的养育和禀赋。南山护送着刘桂珍出段家湾，刘桂珍已经骑行很远了，南山还久久注视着她，像一个不放心的老母亲，也像一个对孩子寄予厚望的老父亲。饮山溪，沐山风，刘桂珍是从南山飞出来的俊鸟；接山霜，连山根，南山又是刘桂珍的骨头和脾性。

刘桂珍骑在自行车上，回望伫立的南山和南山脚下的段家湾。南山是真美，风情与韵致有着天荒地老的亘古与恒久；南山也是真无情，用掌上纹路一样的日子，用石磨上凿痕一样的贫寒，用田地里年复一年的单调和重复，用伤痛和疾病磨搓、折损着怀抱下的黎庶苍生。有多难，有多痛，南山脚下出来的刘桂珍最能体会。

或许，没能到达考场，正是南山的有意安排？刘桂珍转过头来，坚定了去往赤脚医生培训班的道路。又或许，从这一刻开始，她才真正走上考场，这个考场与那个考场一样，也是决定她命运的考场。唯一不同处在于，那个考场用纸和笔改变命运走向，而这个考场，是把命运与南山绑定，是把个人追求与乡亲们的需要绑定，和乡亲们一起改变命运的走向。骑在自行车上的刘桂珍眼眸黑晶晶，她隐约觉察到，前方有个信仰在等待她，有一种扎根需要她去命名。

“赤脚医生就是好”

在接受“代县五七大学枣林卫生班第三期”的培训后，刘桂珍学会了打针输液、问诊配药，还学会一手过硬的针灸技法。怎么个过硬法呢？很多年后，山西出版传媒集团驻代县段家湾村乡村振兴驻村第一书记有一篇日记，或许能回答这个问题：

今年夏天，8月中旬，有一次我不知道为什么总觉得不自在，脑子蒙得很，像是有一团东西覆在头顶的后面，身上也发重，干什么都不痛快，便起身到峪河对岸的菜地边走走。恰好遇到刘书记（刘桂珍），我便突然动念，想要刘书记给我扎几针。她便笑着回去取针。不一时取得针来，取穴左手合谷和外关，我俩便坐着说话。说起刚在培训班学习那会儿，刘书记仰着眉毛说，我那年十五六岁，长得又小，刚学了打针输液和医护常识。正好有人发高烧来打针，老师备好针管说桂珍你来。病人看我这么小一个小闺女，还在踟蹰着，我便左手按位右手持针，扎上去了，大家还来不及反应我已经推完了。老师才说，只想你不敢下针，却不料你倒是麻利，同期的学员都还是捏着针往里攮，都没你手法灵巧。从这以后，乡亲们对我放心了，说我打针一点不疼。

说完我俩又聊了一会儿闲话才起针。从我俩说话的时候，我便觉得一股东西从后脑抽出，后腰也麻酥酥一阵，起针后更觉灵台空明。我直说有奇效。

当年，刘桂珍从培训班毕业后还跟随王家会驻军某部的军医，学了半年多西医。在不断的积累和摸索中，刘桂珍丰富了临床经验，一些简单的缝合和对患者的日常护理都做得很标准。南山脚下一带的乡亲都认下了这个技术好又眼里带着笑意，且极其好说话的赤脚医生刘桂珍。

县城之南的三座大山，东面的叫舜山，相传舜帝在“柴北岳”时曾在此驻跸，因此得名舜山；中间的山叫凤凰山，北魏太武帝在太延年间以皇家名义建凤凰观，故而凤凰山是晋北著名的道场；西面一座叫紫金山，相传是赵武灵王的围场。三座山相连，形成屏障，是五台山余脉。与县城北面的“中华第一关”雁门关相峙、呼应。南北高山，夹一片由东北向西南倾斜、平面轮廓呈长方形的盆地，县城居盆地之中，名代县。代县隶属山西省忻州市，东临繁峙，西接原平，南界五台，北毗山阴，全县总面积约一千六百四十九平方千米。

代县境内“一座雁门关，半部华夏史”的雁门关，不需要赘述，但南山的传说知道的人不多。

相传，尧禅位舜，舜帝励精图治，开疆拓土，统治了整个黄河流域，于是决定举行“柴”五岳（即夜晚在五岳峰顶举火向其他部落宣示疆域界限）。当时舜都于蒲坂，距离北岳恒山最近，因此舜帝“柴五岳”的行动，决定先从“柴北岳”开始。其时帝后娥皇、女英表示要随夫同行，舜帝考虑到二人身

1978年10月，刘桂珍（前排右一）在代县五七大学第三期枣林卫生班毕业时留影

体羸弱，很难跟上舜帝行程，便对娥皇、女英说：“我要先行打头阵，给你们一牛一马作为脚力，你二人谁先到达驻地，今后的后宫就由谁掌管。”安顿好后，舜帝直奔古雁门地界而去。舜帝走后，娥皇骑牛、女英骑马也急急赶往古雁门的舜山（当时还无此地名和山名）。怎奈娥皇之牛，虽然健壮，却是十分贪吃，一路青草茂密，这牛是见草就啃，结果是吃得滚瓜肚圆，撑得肚子都受不了，只好卧在路边咀嚼边消化。女英骑马赶路，开始倒也一路顺风，赶出不少路程，谁料这马竟然是一匹怀孕的骒马，刚走到半路，结果要生产。母马产驹，天经地义，女英也只好望而生叹。待到骒马生产完毕，恢复体力，已经耽误了好长一段时日。这样娥皇、女英都未如期到达目的地，待见到舜帝后，两位帝后对一牛一马非常生气。娥皇对着牛说：你虽然勤恳，无奈贪吃误我行程，今后不准你卧地消化，罚你边干活变咀嚼，一天到晚常咀嚼。女英也生气地对骒马说：你早不生产晚不生产，偏偏在我关键的时候生产，今后罚你去和公驴配夫妻。自此，人间便留下马会生骡子，牛常咀嚼的动物特殊现象。对两位帝后的行为，舜帝淡淡一笑，说道：既然你们二人都未能按期到达指定地点，那就罚你二人和我一同开源掘井，解决这里人们的日常用水问题。最后三人便在今天的五台山余脉——南山之上择高而居。那时的古雁门大地是一片汪洋，山上无甜水可饮，三人便在驻地昼夜掘井开源，通过一帝两妃的艰辛劳作，最终挖出一口甜水井，便命名为龙凤井。在南山滞留期间，他们也利用闲暇工夫去南山之西垂钓观风，此后这座山便叫钓鱼台。舜帝与娥皇、女英来往之处，就叫成“王通山”。之后，便择吉选地举行“柴北岳”。吉日吉时，舜帝在北岳覆宿山举火，向其他部落宣示疆域。举火当晚，熊熊大火冲天而起，油松柏枝爆响连声，火树银花，洒向夜空，火龙飞舞，彩练当空。这就是舜山得名的由来。

民间传说映射着乡村的来历和起承转合，舜山故事除了浓重的中原正统色彩之外，凿井开山、培育骡马的情节也正反映着农耕文明自古以来就存在的人与自然相抗争的长久历史。

新中国诞生之后，工业化成了国家的发展重心，这不仅仅是因为工业化可以迅速提高中国的国力，更是因为只有通过工业化才能让更多的中国人生活得更好。工业化不可能一蹴而就，它需要必要的农业助力。

在新中国，农民作为广大人民中数量最多的一部分，实实在在是国家的主人。他们将自己的劳作贡献给自己的国家，而自己的国家也必将回馈给他们更好的生活。因此，他们的生老病死、喜怒哀乐都是国家的大事。

这些大事中，困扰农民最久也最深的，当属病痛。在医疗技术不发达的旧中国，农民的病痛从来就无法得到很好解决，再加上受贫穷的影响，农民甚至将病痛看作生活的一部分。

新中国在一穷二白中建立，社会各界以及党中央都将改善农村的医疗卫生条件视作国家建设的重要内容。可是，医疗技术以及相关专业人员的培养是需要几代人的积累才能完成的，现代化医疗在当时刚起步的新中国更是无从谈起。在这样的历史条件下，现代化的医疗和具有专业素养的医务人员很难在短时间内普及到乡村。

1950 年，第一届全国卫生会议召开，针对农村卫生保健工作，会议提出了“县设卫生院、区设卫生所、行政村设卫生委员、自然村设卫生员”的设想。

1965 年，作为一项重大政治任务，国家组织医疗队到农村、林区、牧区开展巡回医疗。胸外科专家黄家驷、儿科专家周华康、妇科专家林巧稚都曾参加巡回医疗。

20 世纪 50 后、60 后、70 后生人，差不多都有医疗专家下乡为乡亲医疗或排查疾病的记忆,那些医疗专家或来自北京、上海等大城市，或来自各大院校及科研单位，也有相当数量来自军队的医疗专家。据 1974 年的统计，全国高级技术人员百分之六十九在城市，百分之三十一在农村，其中县以下的仅占百分之十，而当时的人口分布情况恰好相反，城市人口仅占百分之十,百分之九十的人口生活在农村。农村缺少医药以及看病难的问题，由此可见。

1965 年，毛泽东主席发出“把医疗卫生工作的重心放到农村去”的指示，同年中央批转卫生部党委《关于把卫生工作重点放到农村的报告》也强调“大力为农村培养医药卫生人员，争取在五到十年内，为生产队和生产大队培养质量较好的不脱产的卫生人员。”

上海川沙县（现浦东新区）江镇公社率先反应，办起了为期 4 个月的速成班，学员结束学习后就回到生产队或生产大队，平时务农，有需要时则可以为农民诊疗疾病。乡民们把这样的卫生人员称为“赤脚医生”。渐渐地，“赤脚医生”的说法在农民间流行起来。

1968 年 9 月，当时极具政治影响力的《红旗》杂志发表了一篇题为《从“赤脚医生”的成长看医学教育革命的方向》的文章。1968 年 9 月 14 日《人民日报》全文刊载。随后,《文汇报》等各大报刊纷纷转载。毛泽东主席看过文章后写下“赤脚医生就是好”的评语。

国家不忘人民，人民也不忘国家。数以万计有着基础医疗知识的青年及医务工作从业者们自发动员起来，积极向以上海川沙县（现浦东新区）江镇公社赤脚医生王桂珍为代表的“赤脚医生”学习，进入大山、走进乡村，怀着赤诚的心为农民解决病痛。当时农村采取合作医疗，基础医疗费用由大队统筹，农民缴纳极少的费用就能享受基本的医疗保健。这种制度保证了农村合作医疗制度的低成本运行，到 1975 年，全国赤脚医生的数量已经达到一百五十多万之巨，以他们为基础的，由村卫生站、公社卫生院和县医院构成的三级卫生网络几乎覆盖全国。

1944 年,出生于上海川沙县江镇公社大沟大队被称为“赤脚医生第一人”的王桂珍，在 2021 年长三角健康峰会暨第二届中医药博览会上发言称，赤脚医生制度曾被世界卫生组织誉为中国农村卫生工作的三大法宝之一，并在1978年载入了《阿拉木图宣言》，并被面向全世界推广。

2018年，全球领导人在初级卫生保健会议批准的《阿斯塔纳宣言》中，依然提到中国的乡村医生（赤脚医生）合作医疗和三级卫生保健网。这是世界对中国“赤脚医生历史的公认”。

南山脚下，刘桂珍就是这样一个赤脚医生。她骑着自行车顺着南山的纹理穿行，她的这辆自行车既不是娥皇的老牛，也不是女英的骒马，故而既不会贪吃也不会半路生驹，只会忠诚踏实地走向南山脚下每一户有病痛、需要救治的庄户人家。赤脚医生也不是举火，没有火树银花，没有彩练当空，有的只是千辛万苦。

这赤脚医生，刘桂珍一干就是四十五年。

以段家湾为原点，刘棒珍出诊范围几乎覆盖峪口镇整个乡镇，尤其是邻近的几个村。刘桂珍回忆自己作为赤脚医生的往事时如此总结：“赤脚医生最大的好处就是随叫随到。”

“都乡里乡亲的，今天这家叫你你不能去，明天那家叫你你不能到，以后乡亲们还怎么信任你这个医生呢？”刘桂珍说。

为了“赤脚医生的好”，刘桂珍骑自行车出诊的路，已经不论远近，只论病情缓急；也不管刮风还是下雨，因为不论刮风还是下雨，刘桂珍都能做到随叫随到。

舜王寺村，名号古雅，因村内有舜王寺故得名。刘桂珍利用空闲时间，为村里的乡亲们检查身体，排查病情，经常来到这里。

埠歌坪村，因盛产斧把木柴，故名斧柯坪，后同音，转化为埠歌坪。村名优雅，但要骑自行车上到村里，以刘桂珍的身高和体重，不出一身重汗，休想。

王家会村，原名蟒家会，因为这里出大蟒蛇。光是知道这个原名，就能想到刘桂珍骑自行车出诊的路途之艰辛。

偏桥，原名“偏樵”，因常有人来这里打樵得名。刘桂珍骑自行车来这里出诊，她说：“医生就是给人看病的，人找你的时候，都是痛苦的时候。特别一些老人经济条件差，看完病，拿了药，从衣服兜里掏半天，掏出来也没有多少钱，十块，五块，一块，连张五十的票子都没有。收那个钱，真是于心不忍。”

刘桂珍出诊，从来不要出诊费和诊疗费，药钱都是按进价收，一分不挣。

“愣人”刘桂珍

四十四年来，刘桂珍都是义务出诊，没收过出诊费和注射费。难怪她八十四岁的老公公杨天德笑称：“她是个愣人。”

在代县方言里，“愣”就是傻的意思。这个字既象形又会意还形声，让人想到一切方的东西，是缺少擦尖打滑，缺少取巧投机，方得见棱见角的那种“愣”。

“愣人”刘桂珍出诊最多的是讲堂村。讲堂，相传唐天宝八年（749年）有学者董思珍等七道士在此讲学，故称讲堂。代县不愧是历史文化名城，单单几个乡村名字，就一个比一个有来历有故事。来历和故事是古人创造的，而奔走在这些村庄之间的刘桂珍，用自己的双脚创造着属于自己、属于时代的新传奇和新故事。

去讲堂来回是十二千米。病人晚上叫刘桂珍，刘桂珍晚上就得去。晚上去，早晨才能回来。乡间小路，白天也很少人行走，更何况是晚上。刘桂珍是最知道夜里乡间道路有多崎岖和艰险的人。

武强村，相传唐天宝年间，有武士们在此练武学艺，故而得名。刘桂珍给乡亲看病扎针不收费，药钱也都是照着进价收。但大多数时候，刘桂珍连药钱也不收。“有的老人非要给药钱，看他们颤颤巍巍从口袋里掏出手绢，一层一层打开，里面就几十块钱。看得我心疼。”刘桂珍说。连进药的钱都免，刘桂珍“愣”得很实在，她说：“我虽然不富，但比乡亲们强点，再怎么说一个月也有四百元钱的补助，够了。”她倒不说，一个月四百元的公共卫生服务补贴，只是近几年的事。

四十四年来，刘桂珍损失多少出诊费和医药费，她从没记过账，也没算过钱，也全都记不得。“从来没想过要挣钱，还记那个账做什么？”“愣人”刘桂珍说。

“愣人”刘桂珍因为出诊忙，经常顾不上吃饭。出诊路上，与乡亲见面打招呼，人家问她吃了没？她半天回答不上来，说：

“可能吃了吧，我也记不得。”

王家会一个叫李狗小的老人，因脑梗丧失语言能力，儿女不在身边，刘桂珍坚持每年为他输两次两个疗程的液体。这一坚持，就是十一年。

四十四年来，刘桂珍在出诊路上，骑坏一辆自行车，换了两次电动车。身份由“赤脚医生”变成乡村医生。

用四十四年的时间，刘桂珍性格中让人尊敬的那个部分，越来越凸显。

峪口镇卫生院医生张改玲，是在峪口镇卫生院与刘桂珍认识并熟知的。峪口镇卫生院和所辖各村的乡村医生有许多业务往来，在和这些乡村医生的接触交往中，刘桂珍给她留下的印象非常深刻。她说：

刘桂珍同志行医多年，她的足迹跑遍了峪河两岸的沟沟岔岔，走遍穷乡僻壤的山山岭岭，无论是严寒酷暑，风里雨里，人们经常能见到那个背着诊包的瘦弱女子。正是山沟里有了这样一位弱女子，使患了大病的人能及时转诊到大医院，使患了小病的人能及时解除痛苦，也使得身患顽固症的病人得到长年照顾。

四十多年来，不管是村内村外，出诊费和注射费她都分文不收。有人说她傻，说当今社会，哪有这种人？她回答说：“看到患者通过我的治疗康复，是我最欣慰的时候。”当医生四十多年，不管刮风下雨，还是路途遥远，只要病人有需要，她从来没有拒绝过。

刘桂珍同志的医术称不得有多高明，但服务态度特别好，群众很信任她，有病都来找她。她生下二女儿不久，本村村民廖书会患了重感冒找她来输液，她虽然为难，还是在一边照顾女儿，一边照顾病人。

刘桂珍采的中药给病人吃，是从来不收费的，她觉得乡里乡亲的，若按药店收费就过分了。她给群众的药价，就是批发店的价格，近些年她更看淡了收费问题。她自己每月能从国家领到补贴，她把这些钱全都贴给了乡亲们。她打心眼儿里满足，因为国家没有忘记他们这批人。人心换人心，五两换半斤，群众心里也过不去，她给王家会的李银宝连输七天液，分文没收，李银宝觉得心里过意不去，非要给她拿牛奶、蛋糕，她又悄悄给病人留下了。刘桂珍说：“病人需要加强营养，自己没灾没病的，咽下去肚里也不舒坦。”

“只要能消除病人的痛苦。”这是刘桂珍的朴素初心，有了这样的信条，她不再计较什么山高路远、什么夜半深更。果然，刘桂珍是个愣人，“愣”得见棱见角。

刘桂珍当赤脚医生的这些年，自学了妇科推拿，给孩子打针、给脑血栓患者针灸、辨识中药，点点滴滴，都是她对医生这一行业的热爱与钻研。如果没有细致的研究，没有从庞杂的经验中积累知识，刘桂珍不会在医术上做到如此全面而精通。

被乡亲们称为“全能医生”，恐怕连她自己也没有想到。她的精力全部放在如何服务乡亲们上了。“愣人”刘桂珍也从未想到过要什么回报，她一片赤诚，“我只是做了我该做的”。面对表扬和夸赞，她没觉得自己做了什么惊天动地的事，也没觉得自己是在忘我，她是一边用儿女的赤诚，一边用父母的悲悯，来对待和服务乡亲们。当她说“我记那个账做什么”时，就是最好的证明。只有女儿对父母、父母对儿女，才从来不记账，从来不要任何回报。

多年以后，作家陈克海走进段家湾采访刘桂珍。之前两人从未见过面，但从人群里，陈克海一眼就认出刘桂珍，瘦弱、朴素、精干，一双眼睛黑晶晶，立刻知道这就是他要采访的人。刘桂珍很腼腆地和陈克海握手。陈克海后来说：“那一双手，粗拉拉的，还很有劲。”陈克海看到刘桂珍，就想到了自己远在鄂西大山里的母亲。

的确，刘桂珍无法不让人想起自己的母亲，我们那一生不多言语，只要站在那里就能让人泪流满面的母亲。

刘桂珍用“愣”塑造了一个乡村医生的形象，在乡亲们那里获得了不低的评价。说刘桂珍是个愣人，传达出乡亲们对刘桂珍的信任与爱戴，崇敬与感激。

“她就是这么个人。”刘桂珍的丈夫杨宏生在谈到刘桂珍时，眼里充满笑意。山西男人顾家，更疼女人，也善于疼女人，虽不能说普遍，但也绝非个例。刘桂珍好福气，丈夫杨宏生就是个典型的会疼女人的男人。

朴实的杨宏生说：

我妻子刘桂珍和我一样都是普普通通的山里

刘桂珍赶去患病村民家的路上

人，早年和她结婚那会儿，我在外打工，干木匠或者泥瓦匠的活儿，挣点钱补贴家用。桂珍虽说和我一样是农民，可她非要利用自己在卫校学习掌握的医术为十里八乡的乡亲们看病。看就看哇，有时候看病晚了，她还住在病人家，我记得有两个春节她就没有好好过，别人家里都是红红火火热热闹闹过大年，她却出诊给人看病。我守着两个闺女冷冷清清看电视。做好的团圆饭热了一次又一次，小闺女饿得受不了，大闺女也三番五次问我，妈啥时候能回来？团圆饭啥时候能吃？当时我心里那个气啊，一年到头忙忙碌碌，也不见她给家里挣回几个钱，两个小孩平时推给奶奶管，地里的营生都是我一个人干，现在过年连顿团圆饭也吃不上，这叫过的啥日子？我越想越憋屈，越想越难受，决定等她回来和她说一说。可等她回来，看到她身体疲惫，又瘦又小，一股风就能把她吹倒，我又不忍心和她怄气了。

刘桂珍笑着在一边解释：“那年大年夜，晚上正好下大雪，一家人在一起看春晚、包饺子，有人咚咚咚敲门，挺急的。进来的是武强村的老曹，他妈病得厉害，叫我赶紧去看看。大过年的，人家开这个口也难。没多想，我背起药箱就走。人家要不过好这个年，我能过好？二闺女拉着我说：‘妈，你走了，我们咋过年？’”

刘桂珍当时对二闺女说了一句话：“人命关天，妈必须得去。”

那一夜好大雪。整个南山都在雪中肃穆，也在雪中圣洁，是一种超越一切形容词后的晶莹与剔透。那一夜，刘桂珍走在大雪里，却又是走在南山的春夏秋冬里，大山有心，记录下她背着药箱，行走在一年四季里的模样。

那一夜天空是深蓝色的，雪纷纷扬扬，假如天地是一块透明的琥珀，那行走在天地间的刘桂珍就是树脂裹住的精灵。药箱不小，刘桂珍不高，山路不平，风霜似刀，这样一个身影，大山记得牢固也记得恳切。大山欣慰，能养育出这样的女儿，能培育出这样的品格，像是大山安排了一个天使，让她降临人家，降临段家湾，让她造福一方百姓。

刘桂珍行走在出诊的路上，南山陪伴着她，像一个女儿受老父亲的保护。学会医术，刘桂珍并不占便宜，因为学会医术，她看到的全是病痛。南山用它的高天和厚土、阳光和雨露、庄禾和菜蔬、河水和百种生灵，滋养出一方水土一方人，却又苛待这方水土这方人，用贫穷和疾病纠缠他们，困囿他们。

“村里就你一个高中生，你不干谁干？”父亲多年以前说过的话，又在那一夜的大山里回荡，让乡村医生刘桂珍情不自禁。她是因为这句话，把自己的命运与南山、与段家湾连在一起的，又是因为这句话，刘桂珍性格中受人尊敬的那个部分才能一点点绽放出来。

是啊，刘桂珍不干，谁干？以刘桂珍“愣”得如此结实，以刘桂珍既是儿女又是父母的天性，以她钻研精修医学的能力，以她坚韧的身体和心灵，她不干，谁干？

这是除夕的夜晚，刘桂珍走在出诊路上，远处不时响起鞭炮声，南山寂静，南山圣洁，南山脚下，乡亲们都在过节。假如这一切需要守护，那就让自己吧。刘桂珍说通了自己，也说通了南山，这一夜，刘桂珍和南山的心跳，合在一个节拍上，都带着融融的暖意。

“愣”也是南山的底色。南山有沙棘、有婆婆丁、有苦荞，有层层叠叠的山峦，有万年不化的乡愁与乡情。南山也和刘桂珍一样，看上去愣，实则暗藏玄机，就像它看上去穷且寒，但它能飞出俊鸟，走出人才，能让离开它的人对它魂牵梦萦，能让走近它的人胸襟坦荡，能让生长在它脚下的人，长出一双黑晶晶的眼睛。

“被需要就是我的幸福”

刘桂珍经常到峪口镇政府开会。

现在的峪口镇政府院，在老早以前叫洪福寺。早到什么时候呢，早到五代时期。洪福寺院内有一座砖塔，据考证，始建于金元时期。站在洪福寺院内，无论是五代还是金元，都尘沙一样吹散在风里。空间还在，时间已逝，最容易引发悲怆与感慨，人生一世，草木一秋，这一句也是代县方言，尽管看上去那么四海皆准，那么具有普世性。

明嘉靖年间工部侍郎谢兰致仕还乡，本想回乡过优哉游哉的田园生活，但回乡后看到的是民生多艰和战乱频仍，愤然以七十九岁高龄，奔走乡梓，募捐钱粮，发愿修葺洪福寺砖塔。

砖塔修缮竣工后，大做法会，祈求和平，祈求平息瓦剌、鞑靼的骚扰和侵袭,祈求天降洪福于代县子民。代县子民将写有“弥陀海会，嘉靖四十五年三月吉旦立”字样的石匾嵌入塔门的门楣，以纪念法会盛况和修塔、护寺、为民祈祷洪福的无量功德。此后，洪福寺在清乾隆年间修缮过一次；清光绪和民国时期也屡有维修；建国之后，乡政府清理寺址废物，砌墙、围栏、植树、铲草，为砖塔构建良好的生态环境。

洪福寺砖塔高十八米，由塔基和塔身组成，砖塔开凿有九窟，每面窟刊佛一尊，四面共八尊。九窟里有九个神龛，龛里各刊一尊佛像，四面三十六个神龛三十六尊佛。佛龛连体，甚为少见，也弥足珍贵，2000 年被国务院公布为国重点文物保护单位。站在洪福寺，仰头看砖塔，看砖塔上方的涛走云飞，深信寺和塔在民间，一定能护佑民间疾苦，造福一方百姓。仰头看塔的姿势，也可理解为砖塔从始建到修缮，叠加的是一方百姓的祈愿和对灾难的抗拒。

寺或佛塔，在广袤大地上是呼吸式的存在。连绵起伏的大山或一眼看不到边的田地，日复一日的年月或探不到底的命运，都需要寺或佛来破折。一个破折号，打断连绵的山脉，那

代县峪口镇洪福寺砖塔

是壮丽所在，又何尝不是阻挡，阻挡的是望向远方的理想和更精深的智慧。一个破折号，把一眼望不到边的田地转折，那又何尝不是无休止的劳作和无休止的疲惫。一个破折号，给了日复一日一个起承转合，让人看到不一样，看到另一种，是多么功德无量的事啊。

但同时也是纽带式的存在，乡亲们可以均匀散开了各自生活，可以去各奔生机。生活和生机，百姓百样，可坐在心中的佛祖是同一个。于是，即便百姓百样，即便走出去再远，身体和灵魂，无论哪一个都有可回归的地方，都有一个属于集体的记忆和标识。

刘桂珍背着药箱，远远看见洪福寺砖塔，会多看几眼，再多看几眼。高耸的砖塔是地标，告诉刘桂珍出诊的方向；砖塔也是回家的信息，告诉疲惫的刘桂珍不用坚持多久了，她很快就到家了；砖塔是刘桂珍的分身，风多大雨多大，路多长人多累，都得挺着，挺成一座砖塔，让看到的人心安。

刘桂珍出诊的自行车车轮不停地转，时间和世界也在不停地转。年代的车轮转到 1985 年，与每一年都一样，这一年发生了许多有影响力的大事。1 月 1 日，中共中央、国务院颁发了《关于进一步活跃农村经济的十项政策》，决定除个别品种外，国家不再向农民下达农产品统购派购任务；中国第一所针灸医院在合肥成立；中国台湾诞生了第一个试管婴儿；中国迎来第一个教师节；中国农科院畜牧研究所进行奶牛冷冻胚胎移植在我国首次获得成功……

“日新月异”这个词，是一个很有活力、很有色彩的成语，用来形容当下中国或者说世界的发展，再合适不过。对南山和南山脚下的村庄、山石、树木、花草，以及淳朴敦实的乡亲们来说，应对“日新月异”似乎有些被动，谁也不曾想过，“日新月异”的每一件大事，都对自己日后的生活产生重大影响。

1985 年 1 月 25 日，《人民日报》发表《不再使用“赤脚医生”名称，巩固发展乡村医生队伍》一文，“赤脚医生”这一称谓逐渐消失。刘桂珍给乡亲们看病的身份或者说称谓，由“赤脚医生”转变为“乡村医生”。

“赤脚医生”的称谓取消了，但乡亲们找刘桂珍看病并没有什么不一样，刘桂珍随叫随到的服务也丝毫没有改变。南山脚下的乡亲们只认刘桂珍这个人，无论她是“赤脚医生”还是乡村医生，她都叫刘桂珍。

赤脚医生是历史的产物，是中国在社会经济不发达的情况下，主要依靠政治动员来解决农村基本卫生保健问题的一次尝试。它解决了中国在一穷二白的总体条件下，如何让农民享受到国家发展成果的问题。改革开放以后，随着国家经济的进一步发展和国家总体医疗水平的进步，农民的健康问题便有了更新更先进的解决方案。

据统计，1985 年全国实行医疗合作制度的行政村由过去的百分之九十锐减到百分之五，到 1989 年继续实行农村医疗制度的行政村仅占全国百分之四点八。“赤脚医生”也由此失去政治与经济依托，逐渐“消失”。同年，卫生部组织各地对当时全国的一百二十五万赤脚医生进行了考试考核，达到相当医士水平的称“乡村医生”，总计六十四万人获得“乡村医生”证书。

2004 年 1 月 1 日起,《乡村医生从业管理条例》正式实施，至此，乡村医生成为正式的固定岗位，乡村医疗的水平和力量也随之得到根本性提升。

乡村医生刘桂珍一如既往，走在南山脚下，走在周边乡村，她的听诊器几乎听遍了十里八乡的乡亲，她的药箱也被无数老乡家的桌子承载过。

段家湾村民郭治恭说：

> 她当医生不一样，随叫随到，出诊、打针都不收费，不仅我们村不收费，周边村也不收。老百姓过意不去，买些牛奶、糕点送过去，她都退回来。当村干部后，填表填单，她都是上门为老百姓服务。

如前所述，南山从来都是暗藏玄机，它孕育出的女儿，不可能只有一个闪光面。连刘桂珍自己也不知道，从她把自己的命运与南山捆绑在一起的那一刻，她前进的每一步路，都是使命在召唤，都是在开发她的又一个闪光面。后来，刘桂珍成了国家级劳模，这样的荣誉不是她预先设想的，也不在她的人生规划里，因为她只是踏踏实实走自己的路、做自己的事。

如同刘桂珍的性格，我们的故事也踏踏实实，一步一步讲述。

王家会八十岁的村民李狗小患脑血栓，丧失语言功能，儿女们不在身边，刘桂珍坚持为老人每年输液两次两个疗程，每次一个礼拜，有一年冬天，老人的两个女儿回村，专门到段家湾村来看刘桂珍，一见面，大女儿就抱住刘桂珍，说：“桂珍姐，多亏你照料我爹，不但尽了做医生的心，还替我们做女儿的尽了孝，我们给你啥你都不要，你比我们做子女的都做得好。”刘桂珍心软，人家哭，她也哭。她自己也不知道自己在哭什么，她内心是充盈的，用她自己的话说，就是“被需要，我是幸福的。”

“有一天晚上十二点，我发烧，给桂珍打电话，没一会儿她就过来了。”

“桂珍给我们看病出来不收出诊费的。”

“桂珍看病不但不挣我们的钱，还自己花路费去外面学习针灸。”

“桂珍医术好，前几天我牙疼得肿了半张脸，她给我针灸了两次，我就全好了。”

乡亲们对刘桂珍绝对信任，刘桂珍对乡亲们也绝对赤忱。她是南山养育出来的一颗行走的良心，也是制度安排和人情结合训练出的拯救者。她在消除乡亲们的病痛，乡亲们也在成就她的幸福和伟大。

在这个过程里，刘桂珍起了忧虑，义务出诊也好，免收药钱也好，这都是一己之力，她所携带的无非一个有限的药箱，几个小药片，几根银针，几把自己采的草药，全部这些加起来，不过是一个乡村医生的分量和能力。随着生活水平提高，乡亲们该有对医疗条件的更好向往与追求，也需要有更好的医疗条件。这是刘桂珍无论有多赤忱都达不到的。

新农合

百姓的事就是国家的事。

2002 年 10 月，中国明确提出各级政府要积极引导农民建立以大病统筹为主的新型农村合作医疗制度。

新型农村合作医疗，简称新农合，是指由政府组织、引导、支持，农民自愿参加，个人、集体和政府多方统筹，以大病统筹为主的农民医疗互助共济制度。采取个人缴费、集体扶持和政府资助的方式筹集基金。

2003 年 1 月 16 日，卫生部、财政部和农业农村部联合发布了《关于建立新型农村合作医疗制度的意见》。《意见》是实践“三个代表”重要思想的具体体现，对提高农民健康水平，促进农村经济发展，维护社会稳定具有重大意义。《意见》强调新农合是帮助农民抵御重大疾病风险的有效途径。

从 2003 年开始，试点地区不断增加，为新农合在全国开展创造了坚实的理论与实践基础。到 2004 年 12 月，全国共有三百一十个县参加了新农合，有一千九百多万户近七千万农民参合。随后，从 2012 年起，各级财政对新农合的补助标准从每人每年两百提高到每人每年二百四十元；2013 年，各级财政对新农合的补助标准在原有基础上提高到每人每年二百八十元，政策范围内住院报销比例提高到百分之七十五左右；2014 年又提高四十元，达到三百二十元。其中，农民个人缴费在 2013 年的基础上提高二十元，全国个人缴费标准为每人每年九十元左右。

政策的出发点永远是人民的意愿，是为了解决老百姓最迫切的问题。几千年农耕文明的经验，使得天底下没有什么事能难住农民，要说有，只有这么一个，就是病，特别是大病。家里只要有一个病人，这个家庭基本就被拖入深渊，有病就得看，看就需要人力物力财力跟进。一个普通农民家庭，够吃够喝够人情来往，就是好人家。好人家的够是将将够，谁家的日子不是靠细水长流啊，可家里一旦有个病人，就不够了，细水长流的日子一下就捉襟见肘起来，就开始拆了东墙补西墙，更别说心里头的煎熬了。说是深渊，一点都没有夸张，因病致贫的家庭并不少见。

对此，太原市中心医院的傅小苏大夫深有体会。傅小苏是主任医师，三甲医院科室主任，教授，1999 年起担任中国 TCDC 中医针灸技术国际培训班临床主讲，是我省唯一一名中国针灸学会砭石与刮痧专业委员会委员，2014 年度“感动百姓山西乡村十大爱心大使”，2016 年 7 月荣登中国好人榜。一次，傅小苏在古交市原相乡卫生院下乡，一位四十多岁的煤矿工人正在住院，在查病房的时候她发现病人的耳郭肿瘤特异区有明显病理体征。可是乡卫生院没有 B 超和胃镜，送到古交市中心医院检查后，被诊断为晚期胃癌。

这个煤矿工人选择放弃生命。

这件事给了傅小苏很大的震撼，生命那么宝贵，但不是所有人都能保全住这份宝贵。傅小苏从其中感受到悲怆与无奈，生命至上，但附着在生命之上的一些东西总能左右生命，让生命无法至上。

健康是每个人的基础需求，但是这样一个看似简单的需求，想要完全满足却并不容易。乡亲们需要看得起病，需要在医疗技术发达的今天享受到发展红利。在现有的条件下，怎样才能让农民享受到他们应该享受的发展红利？新农合正是对这一问题的具体解答，也是对农民诉求的具体回应。

以往的农合，是分散在各地的农民集体，各自在集体内互助共济。而今天，新农合是在党和国家的统一领导下，全国一盘棋，全体农民形成一个新的大集体。在这个集体内，国家承担了重要的角色和任务。农民们不光互相依靠，还可以依靠国家。通过这种方式，国家发展的红利便转移到了农民身上，农民可以切身感受到党和国家的关怀，可以切身感受到国家发展给每一个人带来的幸福。

2015 年 2 月 27 日，习近平总书记在中央全面深化改革领导小组第十次会议上指出，要科学统筹各项改革任务，推出一批能叫得响、立得住、群众认可的硬招实招，把改革方案的含金量充分展示出来，让人民群众有更多“获得感”。在新农合这一重大改革中，希望人民群众有更多的获得感。

当刘桂珍把这样专为农民设计的新农合推广到段家湾村

时，乡亲们却一时起了疑惑。还别说，乡亲提出的问题，个个都切中自身利益，就是俗话说的，每一句都能问在关节上。

“新农合把大病问题解决了，那小病呢？大病不常有，可是小病常有啊。”

“如果缴纳新农合的一年里没有碰到大病，那缴纳的钱不就浪费了？”

“即使国家可以报销治疗大病的大部分资费，但是剩下的小部分，对我们来说也是无法支付的天文数字。”

这些问题并不是宏观的、根本的，但确是存在的，这些问题的解答就落到了刘桂珍这样的基层实践者身上。

“啥是统筹？”

“那意思，是不是拿我的钱给别人看病？”

“哪里能看到文件？

“怎么就算大病？”

“小病怎么办？

“病不大不小怎么办？”

“报销比例多大？”

“我儿子常年在外地，但户口不在外地，怎么结算医疗费用？”

“门诊费能不能报？”

“那你给我看看，我跌倒了磕到膝盖骨，买药花了不少钱，能报吗？”

刘桂珍把这样的利好政策，在为乡亲们看病的过程中，一点一滴解释给乡亲们。要给乡亲们解释清楚这些疑惑，自己先得把相关政策消化到位,然后再变成乡亲们能一听就懂的话，准确传达给乡亲们。

刘桂珍是昔日“旧农合”的践行者，所以在对农合的理解上，她要比村民多一层感悟。“旧农合”是建立在旧日农村集体化之上的产物,是当时医疗水平不甚发达的结果。而今天，医疗进步让能用的方法变多了，能用的医疗设备也变多了。

刘桂珍并不是一个口齿伶俐、能说善道之人，她遇到的问题是，新农合这种综合性极强的制度设计和全国一体的复杂网络，怎么才能让乡亲们一听就懂，懂了就能用到。

刘桂珍的做法也“简单”，乡亲们怕吃亏不愿意出的钱，她先垫付。这垫付还不是明明白白告知对方的，怕起了反作用，是先悄悄垫上，因为一旦脱保，再续缴非常麻烦。也有一直处在观望期的乡亲们，对新农合明白一会儿又糊涂一会儿，刘桂珍也给垫付上。办法都是笨办法，但刘桂珍也实在想不出更巧的来。

刘桂珍自己家也不富裕，上有父母公婆，下有两个女儿，过的是细水长流的日子。替乡亲们垫付，有的是和丈夫商量过的，有的没商量过，是事情走到那儿刘桂珍自然而然的反应。你要问她当时是怎么想的，她往往说不清，因为没想过为什么，也就不知道为什么要想为什么。在中共忻州市委在 2017 年 5 月 8 日下发的《关于向刘桂珍同志学习的决定》文件中，有这样一句话：

（刘桂珍）始终怀着一颗为民服务、不畏艰难、乐于奉献、不求回报的赤诚之心，始终把群众的利益放在第一位，脚踏实地践行党的宗旨，模范地发挥了一名农村基层共产党员的带头作用，在平凡岗位上体现着新时期共产党员的使命担当，在默默坚守中追求和实现着自己的人生价值。

市委文件替刘桂珍回答了为什么。刘桂珍低声说：“其实我也没做啥，做的都是我应该做的事。”

2007年，乡亲陈智良得了一场重病，突然袭来的大病让这个往日拍着胸脯说自己“身体好，不需要农合”的庄稼汉失去了往日的神气。检查、化验、住院、治疗，一圈下来，三万块钱出去了。三万块钱啊！乡亲们一生中能有几次花钱是以万为单位的？陈智良犯了愁，愁把他的眉毛都给锁住了。正在这时，刘桂珍给他打来一个电话。接完这个电话，陈智良的眉头，开了。

原来，刘桂珍一直在悄悄为他垫付医保费。因为缴过医保，陈智良报销出一万多块钱来。一万多块啊，去哪儿找。

这件事，让乡亲们一下见到新农合的好处，开始主动缴纳医保费用。新农合在段家湾和段家湾周围的乡村，以及更偏远一些的农村推广率达到百分之九十以上。这也是她以后当选村支书和村主任的基础。

乡亲们见到了新农合的好，却不知道刘桂珍为推广新农合，前后为十四位乡亲垫付医保费用。刘桂珍的丈夫杨宏生粗略算过，说刘桂珍为乡亲们垫交的新农合保费有七八千元。

刘桂珍替乡亲们垫付过多少钱，在她自己是笔糊涂账，因为给谁垫过,垫了多少,她根本记不住。记不住是因为不在意，她在意的重点是："现在不给他们交上，等他们以后需要的时候再交就晚了。"她把为了让村里七老八十的老人能听懂什么是农村医保、她怎样挨家挨户磨破嘴皮去动员的事，也给忘了。

刘桂珍"应该做的事"，峪口镇一名乡镇干部全记着，说："农村医保原本是一项国家的惠民政策，但老百姓开始并不理解，缴费积极性不高，有些人爷人妈不愿意掏钱，刘桂珍就挨家挨户解释，同样的话一天要说几十遍，甚至上百遍，有的因为不在村里居住或经济有困难,刘桂珍就自己掏钱垫付了。""桂珍的举动让乡亲们感受到她是实实在在为村里人着想。此后，村民们主动参加新农合，全村群众参保率达百分之百。"

能看得起病，从来不是一件简单的事。生、老、病、死是人生最大的事。生得高兴，老得自然，病了，也不该失去尊严。从昔日的“旧农合”到今日的新农合，从过去的“赤脚医生”到现在的乡村医生，都是党和国家在给出切实的解决办法。随着医保制度的不断完善和更新，能看得起病，能“病得有尊严”，正在实现的路上。

不想来与不想在

不知道从什么时候开始，段家湾开始留不住人了。这个留不住，包括从外面来段家湾的，和出生、生长在段家湾的。

南山脚下的段家湾是从汉赋唐诗里走出来的山水景色，在山重水复中夹着柳暗花明的村庄，在 20 世纪八九十年代里，少有汽车喷出的尾气，也少有人声嘈杂的喧嚣，靠山向阳，春种秋收，黄发垂髫，静谧清澈。这是不以时代为参照看到的景象。若以时代与发展的眼光看，段家湾，这个藏在南山褶皱里的村庄，在与时代齐头并进时显得那么脚步踉跄，力不从心。山重水复就是山重水复，像是想往上飞却带不动的翅膀；村庄就是村庄，再怎么柳暗花明，都难免是相对于城市的落后与闭塞。

连汽车都少见，连人声都少有，而改革开放是耳目开张，是放眼世界，是一日千里，是迎头赶上，这样一比，掖在山里的段家湾，越静谧，越显贫穷落后。

这年暑假结束，开学在即，段家湾小学却怎么也等不来老师。孩子们望着通往村口的道路，把眼睛都望穿了还是没有老师的身影。九月份还在夏天的尾巴上，但早上起来已有了寒意，鸟躲在树叶高深处鸣叫，大尾巴松鼠踮起脚在远处观望，小溪水道因为在夏天经历过山洪冲刷变得凌乱杂沓，田地里的庄稼是成熟后的褐色，一个戴草帽扛锄头的老农，拉着一只长胡子的老羊走过地垄。村口，一个孩子坐在路边的河石上，双手托腮，长久地凝视通往村口的道路。后来，又来了一个孩子。像是约定过一样，逐渐地，又来了好几个。接下来，是段家湾整个小学的孩子们。

孩子们一起，看着通往村外的道路，那也是村外通往段家湾的道路。以前，城里的老师会在暑假还没有结束前就提早来到段家湾小学，段家湾的小学生，看到从城里来的老师，就知道新学期又来了，这意味着又升了一级，又有新知识和新考试，也意味着，又有可能迎来一位新老师。上学期已经习惯和混熟了的老师这学期不一定还来。不来的原因，孩子们知道。

孩子们坐在村口，谁都不肯开口说话。那条路是走进段家湾的路，也是走出段家湾的路。学校中的小丫，这个学期就不在段家湾上学了，她爸爸是矿山职工，落实政策可以带全家转户到矿上生活。还有小旦，他爸爸在内蒙古做了好几年生意，到今年终于有条件带小旦和妈妈一起去内蒙古了。还有小梅，学习成绩好，爸妈怕耽误了她，找关系给小梅在城里学校做了插班生，为此爸妈在城里租了房，一边做小买卖补贴家用，一边陪读。还有小雨，还有小树，都以各种理由离开了段家湾。

这条路，更多是走出去的。

段家湾留不住人。

坐在石头上的孩子们沉默着，天空湛蓝，树木葱绿，峪河水潺潺，但他们望向村口道路的眼神，是忧郁的。这忧郁超越他们的年龄，有着与他们年龄不匹配的沉重。

第二天，还是先由一个孩子来到村口张望，依旧有鸟儿在稠密的树梢头唱歌，依旧有忙碌的小松鼠突然定住，拉长了身体向外张望与谛听。接着，又来了一个孩子，也坐在村口大石头上双手托腮，用超越年龄的忧郁眼神看着路口。又来一个。

接着，又来好几个。通往村口的路还是没有老师的身影。

一天，两天；五天，十天；半个月过去了，一个月过去了。孩子们盼望的老师，还是没有到来。秋天都快要结束了，段家湾总是凉得更早一些。与孩子们一起在村口等老师的还有段家湾的乡亲们，还有刘桂珍。

和孩子们一样，刘桂珍也泪眼婆娑，为她的段家湾，也为她的南山。这样蓝的天，这样弯弯曲曲的河，这样好听的鸟叫，这样懂事的孩子，却盼不来老师。不怪老师，怪段家湾太安静，怪段家湾靠南山太近。

村委会来找刘桂珍，给她做思想工作，让她暂时代课，等待新老师到来。“孩子们耽误不得啊。”与此同时，父亲也再一次把期待的目光看向刘桂珍。“要不，你给带上几天哇？”这一次，父亲不是命令，话音里带着商量，还有点恳求。

“你啥也叫我做。”刘桂珍回答。没让她考大学的事还没有完全消化掉呢。

父亲说：“你看，你不代课，村里就再没有学校了。”

刘桂珍和父亲，都不再说话了。

与孩子们打交道，这不在刘桂珍的规划里，也从来没想过。

当刘桂珍与孩子们一起盼不来老师后，心里的难过无以复加。十五个孩子，十五双期盼的眼，十五个等待起飞的雏鸟，十五个耽误不得的学生。十五个段家湾的子弟，十五个求知的心灵，十五个超越年龄的忧郁，十五个想要走出去的小人儿。

不敢与父亲期待的眼相接，刘桂珍低下了头。

要不，先答应下来？刘桂珍在心里劝说自己。因为学校离家很近，老师住在村里，她对小学的作息时间和日程安排也相当熟悉。也因为，她是村里唯一的高中生。

关键时刻，你不顶上来，谁顶？这一次，父亲没有把这句话说出来。但没说，却比说了给刘桂珍的压力更大。

村委会来做她的思想工作，父亲投来期许的目光，刘桂珍知道，她是推不脱的。

没有痛快答应，是刘桂珍对代课所能遇到的困难一清二楚。十五个孩子，不同年龄，不同年级，要在同一间教室上课；要备课，要讲课，要照顾到每一个孩子；语文、数学、思想品德、体育、美术、安全教育，无论哪一门都不能缺下；工资不是不高，是最低工资，一个月七十五块。家里来源全靠种地，代课后哪有时间种地？要考试，要外出学习，要学习先进的教学理念和技能；期中考，期末考，升级考，毕业考……刘桂珍不是不答应，是怕答应下来干不好。一旦答应下来，以刘桂珍的本性，不可能不往最好里干，谁让她父亲是村党支部书记唻，谁让她是“愣人”唻，谁让她是南山的女儿唻，谁让她是善良人唻，谁让她是村里唯一一个高中生唻？

你不干，谁干？

这一天的清晨，段家湾小学敲响了上课铃声。孩子们几乎不能相信自己的耳朵，上课铃声持久而坚定地响在段家湾上空，撞击南山后反弹回来，余音袅袅。稠密树梢里的鸟扑棱棱飞了，松鼠以闪电的速度遁入山中，孩子们回过神来，呜啊一声惊喜地高叫，跑回教室。

孩子们双手背后整齐坐在教室，阳光穿透窗户，给每一个孩子都镀了一层金光，段家湾早来的秋高气爽，如同溪水般甘冽。走进来的老师是刘桂珍，抱着一摞作业本走上讲台。“起立”，孩子们齐刷刷站立，大声喊出“老师好”！

这一天对刘桂珍和孩子们来说都很重要。对刘桂珍，她乡村医生的身份上又加了一重代课老师的身份；对孩子们而言，他们再一次得到庇护与教育，学业得以继续，希冀得以延展，未来还在，前途还有光亮。

“坐。今天我们来上开学第一课。”没有一点违和感，没有一点不适应，刘桂珍如一泓秋水在阳光下铺展。为学生上课，像是她自己也回到学生时代，她那么想好好学习，那么想考上大学，她太知道好好学习对一个南山脚下长大的孩子意味着什么了。

这是1988年夏末初秋，段家湾响起迟到的琅琅读书声。这时的刘桂珍不会想到，她左等右等，等了又等的老师一直没有来；她也不会想到，这一干就是二十九年；她更不会想到，她代课下的段家湾小学，没有一个学生辍学，入学率、巩固率和小学毕业的合格率都达到百分之九十以上。学生们也不会想到，在刘老师的课堂里，将走出一个中央财经大学的大学生。

没那么简单

别看只有十五个孩子，个子高矮不同，年龄大小不一，即使同一年龄，领悟能力也千差万别。有的很细心，但做题慢了；有的倒是快，但粗心马虎，做五道题能错三道；有的孩子反应很快，几乎一点即通，不用很费劲；有的会慢一些，掰开揉碎说好几遍才能领悟。一旦成为老师，刘桂珍立刻意识到事情没那么简单：十五个孩子不是孩子，是学习知识的学生；她也不是刘桂珍，她是刘老师。

学生，是要在学校接受教育的人。学生的思想、道德、认知、个性、文化、知识、信息均来自学校，来自教育，来自老师的传道授业和答疑解惑，尤其乡村孩子，老师的举止动作、行为语言都有可能是他们认知世界和模仿世界的一个窗口。

老师，是负有职责的人，传授知识，育人育德，是春雨，是蜡烛，是人梯，是人类灵魂工程师。做一个合格的老师意味着，刘老师要规定时间节点，安排课业合理进行，布置教室，调整座位,发放学习课本。她得提前备课,认真讲课,批改作业，尽力对这十五个学生做到了如指掌，对他们的接受能力、学习能力有全方位掌握。此外，她还要组织听课、练习，组织考试，组织歌咏比赛，组织体操活动，组织校外实践活动，尽可能提高学生的认知能力、动手能力和沟通能力等。老师对学生的智力开发和个性塑造很重要，刘老师在不知不觉中，进入“天职”角色。

早晨八九点钟的太阳，穿过教室的玻璃窗户，照射在教室里每一个学生的身上，毛茸茸的头发和嫩嫩的脸，闪着金子的光泽，他们都注视着刘老师。

他们当然不知道，在这样注视下的刘老师有点小紧张，毕竟是第一次站在讲台上，毕竟是第一次被称作“刘老师”。

刘老师身上也挂着金，她指指坐在左边的五年级学生，说：“这边五年级同学，翻开书，这一课是新课，你们先小声阅读课文，把不认识的字和不懂的句子画住，做上记号。要小声读，认真读，一字一句读。”

再指指中间的四年级学生，说：“四年级的学生把自然课本打开，今天讲二十四节气，这是需要你们背诵的，不但要背，还要熟背。但要小声，在背的过程中同时思考二十四节气对庄稼的影响。”

“老师！老师！”一个一年级学生跳起来举手，想要说出来的话随着他的跳跃和举手叮叮当当一起响。

“你说。”刘老师允许他说话。

一年级学生说：“老师老师，玻璃窗上有个大马蜂。”

刘老师笑了，学生们也笑了。金色光辉下，无数尘埃在明亮里欢舞。一个高年级的学生站起来把马蜂赶出窗外。

继续。刘老师指指坐在右边的三年级学生，“三年级的同学，我们这节课上数学。我们先来做一道口算题，58+75+42=？谁能快速算出来？”

三年级的学生低头在本子上列竖式。刘老师说：“注意，我说的是口算。今天我们的课就是‘凑十法’，也叫加法结合律。”刘老师转身在黑板上写下这道口算题，“加法结合律就是三位数相加，先把前两位相加，再加第三个数；或者先把后两位数相加再加前一个数。通过观察我们发现，58 加 42 正好等于 100，100 再加 75，等于 175。你们看，这样算是不是快了很多？”

“老师老师，你看小马，你让他背二十四节气，他却在叠纸飞机。”一个三年级的同学发现情况，并马上把这个发现举报给他无比信任的刘老师。刘老师说：“每次在课堂上说话，要先举手。举手了我允许你说话，你才能说话，听清楚没？”

“听清楚了。小马在叠纸飞机。”

“我看到了。老师讲课的时候，你不能随便举手，更不能随便说话，知道了吗？”

“知道啦。”

“来，我们继续听讲——”

教室外，段家湾的天空很蓝。是秋天的那种蓝，万里无云，一碧如洗，蓝天之下，无名小花星星点点，开得漫山遍野，开得恣意欢畅。一头老牛甩着尾巴站在坡上吃草，一头灰驴在溪边喝水，一个乡亲扛着锄头走过，身后是卷着尾巴一路小跑的黑狗。琅琅读书声从教室传出，如同哗啦啦起飞的白鸽子。老牛抬起吃草的头，灰驴哦儿哦儿地叫，黑狗停下脚步倾听，扛着锄头走过的乡亲笑了。

“五年级的同学，你们读过课文了吧。今天要学习关联词。什么叫关联词，就是能够把两个或两个以上的句子连起来，组成复杂的句子的词语，就叫关联词。比如说，‘一边……一边……’，‘有的……有的……’”刘老师转身把课文中出现的关联词写在黑板上。“这是表示并列的关联词。还有一种是表示递进的，比如‘不但……而且……’，‘不但……还……’”

粉笔在黑板上发出吱吱的响声，刘老师得把长粉笔掰成两截才能板书，因为粉笔质量不怎么好，稍微长一些就不适合写黑板了，一写就断，一写就断。为了适应粉笔，也为了节约粉笔，刘老师手里的粉笔总是用到短得捉不住了才罢手。

“老师老师。”

“说了，老师不允许，你不能随便发言。”

“老师，我就是想问问，我们一年级在本子上，到底是写十遍 ū、ú、ǔ、ù 呢，还是五遍？”这个无比活跃的一年级学生，问得无比真诚，而且真的是事关重大，不得不问。

刘老师只得再对一年级的学生说一遍：“今天学习的新拼

刘桂珍在给学生上课

音 ū、ú、ǔ、ù，写在拼音本上，各写十遍。记住，声调一定要写在字母上面。”

刘老师在心里总结了一下，给一年级学生布置作业，一定要多说几遍，并且要说得简单清楚。而对三年级的自然课，在讲课的时候还需要生动形象，学生都熟悉节气，但总是背不下节气口诀来，那是因为没找到节气口诀规律。

下课了。刘老师和学生一起，迫不及待出了教室。学生们急着撒欢，刘老师急着找水喝。从瓮里舀出一瓢冷水，刘老师低头就喝，“咕咚咕咚咕咚——啊——咕咚咕咚咕咚——

啊——”等老师把头从瓢里抬起，发现她已经被学生围在圈中央。学生们看着刘老师，刘老师看着学生，同时大笑起来。

喝够水的刘老师，口不干了，舌不焦了，人精神了一多半，眼睛还更加明亮了呢。

“我也要喝。”

“我也要喝。”

“我。”

“我。”

一瓢一瓢的水被舀起来，学生们一个挨着一个喝，“咕咚咕咚咕咚——啊——咕咚咕咚咕咚——啊——”。

然而，事情没那么简单。课堂上一个挨着一个问过了，都说会了，懂了，一交上作业来，完全不是那么回事。刘老师矮了腰身，一天的辛苦用到哪里去了？学生们都学到哪里去了？随着喝进肚里的冷水，都尿出去了？

刘老师按住自己的两个太阳穴，疼。

“刘老师，你怎么了？”一个同学焦急地问。

“没事。”刘老师打起精神。

学生也无非是妈妈的孩子，是孩子就得耐心对待。什么样的耐心呢，是把蚕丝从蚕茧上剥下来，保证一千四百米丝线不断；是用大刀把蝉翼劈开，细数其中纹路；是把一团千头万绪的乱麻梳理通顺，编织成想要的模样。

不知不觉中，夜已经深了。段家湾的夜静谧而深邃，纯净而澄澈，南山是睡在这样夜里的一艘巨轮，既有远航回来后的疲惫，也有开启新征程的蓬勃，和刘老师窗户里透出的橘色灯光，和她映在窗户上的身影一起，把这夜往最深处赶。

作业改完了，把对每一个学生要说的话也都在心里演练过一遍。不能太严厉，严厉了会打击学生对学习的兴趣。也不能不严厉，做老师要有老师的威严，没有威严压不住阵。对小苗说话，语气要轻，这女孩子胆小，身体也纤弱；对小胖一定要严肃，这孩子活泼得有点过了头，不严肃不足以遏制他；小叶的问题还是那个问题，再说一遍就是第三遍了，一定得掰正过来；小强不一样，天生慢别人半拍，他只要比上一次强就该鼓励。

作业本批完了，摞到一边，开始备课。课能不能讲好，全在老师对课堂的把控，事先心里要有数，五年级该讲什么，三年级该讲什么，二年级该讲什么，都是头一天就设计好的。

给五年级的学生讲课四年级的学生该做什么，给三年的学生讲课一年级的学生该做什么，也得提前安排好，课堂时间对学生太重要了。只要把课堂时间利用好，效率就高，就能老师教着不费劲，学生学着也不费劲。

哦，还有讲堂村的病人，按时输液的时间到了。刘桂珍打开笔记本，在笔记本上画下一个记号。

复式教学

复式教学是为解决乡村人口居住分散、交通不便，或是教师资源缺乏采用的一种教学方法。但还不如说，复式教学是乡村教学的一种标志或常态。复式教学对老师要求很高，学科多，讲课时间少，教学任务重，所以要求老师能合理组织学生自学，合理安排作业和授课。

在段家湾，没有比读书的童声更让人心生欢喜的了。乡亲们叫老师不叫老师，叫先生人家。先生人家不一样，能把孩子们“箍”进教室，多“狗也嫌”的孩子，一看见先生人家气焰自然低三分，乖模样就能出来。那么吵的孩子，把人脑袋都能吵炸的孩子，一旦进入教室，经先生人家一调理，吵翻天的声音一下变成有韵致的琅琅读书声，多好。经过先生人家调理过的孩子，有了礼法，有了禁忌，有了对未来的设想和规划。

这也是刘桂珍给自己设计的理想，假如说一个孩子走出段家湾，他或她，有礼貌，有知识，有对未来明确的目标，有一双亮晶晶的眼，说起来，“我是段家湾人，我是刘老师的学生”，这多好。

怎一个“好”字了得。

十五个学生，并不都居住在段家湾，只是聚在段家湾，等待知识装备，好向未来的日子“武装”出发。十五个学生年龄不一样，年级不一样，接受能力不一样，反应速度不一样，性格不一样，刘老师要把这十五个学生同时放在同一个教室，在同一个教学时间段里，传授出分别被十五个学生吸引和消化的课程，还想做到“好”，这得多“费”人啊。

想要做到好，所以刘老师在教学过程里一直摸索。一些复式教学的规律和特点，逐渐清晰起来。对于低年级学生，刘老师的要求是：老师给高年级同学讲课的时候，不许举手提问题，也不许报告“很重要”的意外发现。反过来，也要求高年级的学生在准备学习用具的时候动作要轻，在课堂上不该看的不看，不该听的不听。对不同年级，刘老师有不同要求，养成一种尽量不互相干扰的好习惯。更重要的是，还要养成即使有干扰，也能做到专心学习的良好习惯。

备课是复式教学的关键。明天要讲什么课提前备好，五年级讲什么，四年级讲什么，三年级到了哪一课，二年级要掌握的知识点在哪里，一年级需要学到什么，只有认真备课后才能在明天顺利进行。时间安排合理，老师不累，学生听课效率。但如果备课不到位，或者时间安排不恰当，会造成教学时间和自主作业时间相互冲突，影响讲课效果，影响学生们的接受程度。

刘桂珍自己也是接受复式教学长大的，对复式教学不陌生。成为刘老师后，刘桂珍多了交流、观摩、学习其他学校和老师先进教学经验的机会。对于复式教学，也有一些成熟经验可以借鉴，比如，把一、三年级，二、四年级编成复式班，这样，低年级的学生需要的教学时间多些，而三四年级的学生已经有了较强的自主学习习惯和能力，比较容易组织自主作业，就形成动静搭配，互不干扰。再一个，中年级的学生在学习习惯和遵守课堂纪律方面，可以给低年级同学做榜样，减轻老师的一

20 岁时的刘桂珍

些工作量。

在学习其他学校和老师的教学经验中，刘老师还感受到了复式教学中的“纵”与“横”的关系。

“纵”就是各个年级各个学科的前后联系和顺承，每一天都要开新一课，那么旧的那一课，听懂了吗？掌握了吗？作业完成程度怎样？上一节课没有听懂，下一节课就接不住，就是所谓的“落下了”。除了上一节课和下一节课有顺承关系，学科与学科之间的联系也很紧密。语文课和自然课就是这样，语文课学到很多字词句，用在自然课上，学生就能很容易懂得自然课本里在说什么。同理，数学课上学通数字、图形和逻辑，学地理就容易一些，对方位、面积都能有很好的认知。

“横”就是老师对课堂各年级各学科进度的把握和控制，不能赶课程，也不能拉慢车。一堂课，在前一天提前备课的时候就分出重点，在第二天的讲课中突出重点，不均衡使力。还要排出顺序，是同一堂课，但有前、后、重、轻之分，才能把各个年级教材有机联系起来，牢牢掌控课堂节奏。

刘老师遵循规律，在规律基础上有自己的一些小办法和小技巧。由于一年级学生自主作业能力不强，刘老师往往先给一年级学生讲课，课后留作业。在课程安排上，刘老师一般把数学课排在前面。一般认为早晨或上午时间为大脑最清晰活跃时间，而数学更注重逻辑思维能力的培养。这样安排有利于学生更快反应，更快激发。

为了节省板书时间，刘老师会提前把生字或数学公式写在黑板上，节省出的板书时间，就是直接教学时间。直接教学时间对学生很宝贵，老师多讲一些，就多接收一些。老师也能有时间充分估计学生的学习接受能力，恰当安排各次自主作业的内容和时间。

实际上，板书也有很大学问。写多了老师累，学生看黑板也觉得杂。但是写少了也不行，学生该掌握该吸收的，一个字不能少。上黑板的重点内容一定要详写，学生难以理解的也一定要详写。多少年下来，刘老师板书最多的其实还是自编题，这是她检阅学生接受程度和学习能力的一个重要方法。

一个乡村老师的工作繁杂，还不仅在课堂上，课堂之外的功夫也不容忽视。学生们都知道刘老师在收集干净洁白的硬纸卡，这些硬纸卡到了刘老师手里，刘老师会把它们裁剪成整整齐齐的四方块，在上面写生字、写拼音、写数学公式，是简单但有效的教学工具。

刘老师利用礼拜天时间专门跑县城，买回来山西地图。“哦，这就是山西全貌，像一片树叶。”“不，”另一个学生马上反驳，“像是块玉坠。”两个学生都说得对，树叶也好，玉坠也好，每一个学生心里都有属于自己的想象和比喻。他们争着抢着，在地图上寻找段家湾的位置。“段家湾在这里！”学生们在地图上找到段家湾，都跳了起来。找到自己的位置，并不是件容易的事。对段家湾的孩子们来说，找到自己的位置，是丈量世界的开始，是在原点画下与目的地之间的线段。

下一个假期结束，刘老师带上课堂的，是一个地球仪。哇，是一颗滚动在支架上的蓝色星球。在准确找到中国的位置后，五大洲和七大洋是个什么样的布局就有了概念。这样，我与世界，世界与我，有了关联，有了渴慕。段家湾与世界，多么奇妙的联系，一个不大，一个不小；大的无限远，小的是我本身；无论多大，都有抵达的可能，无论多小，都不可或缺。

“刘老师，我将来能去美国吗？”一个说。

“去什么美国呀，我要去非洲看大象。”另一个说。

“但是我想去南极。”这个说。

“不，我想去祖国的心脏——北京。”那个说。

“刘老师，大西洋上有船吗？”还有一个说。

“我们的白天与美国的黑夜正好相反，是真的吗？刘老师。”他在小声问。

学到知识的孩子，不是孩子，是学生。刘老师看着自己的学生，笑盈盈的，被学生包围着，被学生们仰着脸向她提各种各样的问题，看自己的身影映在学生们亮晶晶的眼睛里，也是一件奇妙的事。

也不是所有教具都能买得起。刘老师想给学生买的东西还挺多，比如足球、篮球、羽毛球拍、乒乓球拍。贵的买不起，不贵的用不住。即使买回来，学生们也不怎么敢玩儿，生怕给弄坏了。乡村孩子的那份小心翼翼，让人心疼。刘老师想了想，自己做个沙包吧。

用几块碎布，拼接成对称的四方包，里面装高粱、装黍子。这一下，体育课有了内容，六个面的沙包飞上飞下，学生们的奔跑力、反应力、耐力和灵活力都得到锻炼。

买几张红纸，在纸上画牡丹、画水仙，也画个小猫在扑蝴蝶，手工课的内容是剪纸。学生的手还没那么灵巧，剪花瓣往往剪出个大老虎,剪梅花剪出个四不像。但,有什么关系呢?花瓣和梅花是实物，大老虎和四不像是想象力。

做学生家访对刘老师来说，不是个专门的事，而是顺手的事。小强这几天情绪不对，脾气大，爱冲着同学发火，下一次路上碰见小强妈妈了，就一起在树底下站一站，拉拉家常。在乡村，拉家常可不是普通聊天，往往夹带巨大的信息量，刘老师在拉家常里捕捉着影响小强情绪的信息。

乡村教师

著名作家刘慈欣写过一个题目是《乡村教师》的小说。在开头一段里，刘慈欣这样描写：村庄静静地卧在月光下，像是百年前就没人似的。那些黄土高原上特有的平顶小屋，形状上同村子周围的黄土包没啥区别，在月夜中颜色也一样，整个村子仿佛已溶入这黄土坡之中。

这样描写下的乡村，不只在刘慈欣的小说里，也在当年的段家湾。从 20 世纪 80 年代开始，段家湾就陆陆续续往出走人。进入 90 年代，中国确立发展社会主义市场经济体制，城镇化步伐加快，乡村非农收入成为大部分农民家庭的主要收入来源。尽管外面的世界由吃苦、受累、不确定、异常困难构成，但非农收入确实远比农业生产来得多，来得快。尤其是，外面的世界又确确实实拓展了人们的眼界和人生丰富度，如打开一扇窗户一般，牢牢吸引着来自乡村的青壮年。一个走了，两个走了。三个走了，五个走了。每一个走的人都有充足理由。但很少人再回来，尽管回来的理由只有一个——段家湾好，山好，水好，人好，但段家湾留不住人。

走了人后的段家湾，不说假话，穷与困呈现得更加坦白，衰败之象也更加一目了然。

刘慈欣《乡村教师》小说里接着描写：其实，村子也有美丽温暖的时候。比如秋收时，外面打工的男人女人们大都回来了，村里有了人声和笑声，家家屋顶上是金灿灿的玉米，打谷场上娃们在秸秆堆里打滚；再比如过年的时候，打谷场被汽灯照得通亮，在那里连着几天闹红火，摇旱船，舞狮子……

农民进城，是为谋生、发展、创业，一些乡村伦理和乡村思维也在这个过程中发生改变。年轻人结婚，女方提出的首要条件是在城里买房，必须在城里安家，坚决不回村里住。直到发展成，谁还守在村里，谁就是没出息的那个。

段家湾一共能有多少人，经得起这样的出走。但是反过来想，能出去，说明能力强，有本事，有想法。很难想象，一个人口不流动的村庄，村民的后代会得到成长、锻炼、教育和创业的机会。不能因为村里没人，就妄断农村人口出走的好坏与利弊。相反，人往高处走才是最颠扑不破的道理。

“但十五一过，村里的青壮年都外出打工挣生活去了，村子一下没了生气。只有每天黄昏，当稀拉拉几缕炊烟升起时，村头可能出现一两个老人，扬起山核桃一样的脸，眼巴巴地望着那条通向山外的路，直到被老槐树挂住的最后一抹夕阳消失。天黑后，村里早早就没了灯光，娃娃和老人们睡得都早……”刘慈欣在他的小说里这样描写道。

段家湾的夜也是这样，爸爸妈妈走了，向着城镇和城市，留守下来的是孩子和老人，还有刘桂珍。刘老师也是青壮年，也有一个有关城镇和城市的梦想，她何尝不知道外面的世界很精彩，何尝不想拓展和开发自己人生的丰富程度。

也不是没有动摇过。当村里人越来越少，乡村的寂寞越发突显，晚上睡觉拉灭灯后，黑暗是兜头罩下来的，把人死死按在里面。不是没有声响，是所有声响都是为了突出寂静，比如在暗夜深处的一声鹧鸪叫，比如一线溪水撞击河石发出的响雷声，比如一颗星划过夜幕。声音被寂静无限放大，人成了巨大容器里的一粒石子，被摇晃着，被孤立着。

留守下来的孩子是暂时寄放在段家湾的，随时都可能被父母接走,那些暂时还没有被接走的,都眼巴巴地喊“刘老师”，让人心酸，又让人不舍。

刘老师首先是个妈妈，然后才是老师。假如妈妈的孩子放在村里，没有老师教，没有老师管，妈妈会有多着急？从刘桂珍成为刘老师那天起，她对自己就有了要求，这要求是什么，连她自己也说不清，但这“要求”在规范她，提升她，把她往一个更高的地方推送。

“再穷不能穷教育，再苦不能苦孩子”，这是千百年来中国人约定俗成的公理。两千多年前孔子的一句“有教无类”，使教育刻进了中国人的灵魂里。被中国人最为看重的“耕读传家”，正是文明靠着教育传承的信念。

正因如此，1986 年 7 月，我国正式施行《中华人民共和国义务教育法》，提出：“义务教育是国家统一实施的所有适龄儿童、少年必须接受的教育，是国家必须予以保障的公益性事业。”国家通过立法的形式，保障了全国适龄儿童的受教育权。

这一项前所未有的政策，首先影响到的就是乡村的孩子。

随着改革开放的持续进行，中国的现代化、工业化在深度与广度上持续发展，教育的体制、模式和内容都在随之变动。乡村人口流失加剧了乡村教育的困境，师资难以保障，学生逐渐减少，在这样一个双向的难题里，需要常态化、制度化的解决方案，却也有待非常之人。

刘老师从没想过自己就该是那个非常之人。乡亲们见了刘桂珍，多数时候叫她小名“四女”，但有时候，也会真诚地喊一声“刘老师”，尤其是学生家长。即使不喊刘老师，也在自觉不自觉中流露出对老师身份的推崇。刘老师知道，那是乡亲们对知识的态度，是对学生通过读书实现愿望的期待。

喊一声“刘老师”，刘老师内心越发清醒。城乡教育发展差距，刘老师看得很清楚，在段家湾第一名的学生，转学到城里，城里老师给的评语是：基础太差。在段家湾品学兼优的学生，转学出去，自带着三分差距和不如人。

1996 年，为吸引老师，也为了给留下来的学生创造更好的学习环境，村里决定改建四间校舍。四间校舍不多，但建在段家湾最显眼的位置，还要改建成段家湾最好、最高大的建筑。

学校改建，学生去哪里上学？刘老师说："来我家。"说这话之前，刘老师根本没把自己家的条件考虑进来，她只想着学生不能停课。一旦把家当成课堂，刘老师才知道自己的家是多小，多不适合当课堂。但刘老师还有其他办法吗？

没有。

课桌板凳是搬不进家里的，那就把家里的饭桌、床、缝纫机、木头椅子都改造成课桌板凳。好在学生们都不觉得这是苦，反而觉得新鲜。没有黑板，也好办，自己动手做一块，三合板拼成的黑板照样写数学公式和语文词组。家里有家里的好处，比如学生们想喝水了，只有更方便。

就是这么方便着，家成了课堂，一个学期的时间过去了。

在刘慈欣小说《乡村教师》里，罹患绝症的乡村教师在临终之际仍在要求懵懂的孩子们背下他们不能理解的牛顿力学三大定律。而在五万光年的远方，银河系里一场碳基文明与硅基文明的星际战争已接近尾声，碳基文明取得了胜利。在清扫战场时鉴定着沿途行星的文明等级，对被随机抽做样本的地球孩子们进行测试。在同一个宇宙，数学公式、物理定律、化学式都是共通的。正是孩子们背下的三个牛顿定律让他们通过了文明进化程度甄别测试。最终，飞向太阳系的奇点炸弹转移了方向，地球文明逃过一劫。碳基文明由此发现一个专门负责在两代人之间传递知识的群体——教师。正是这些教师，连接着过去与将来，连接着懵懂孩童与科学殿堂，连接着脚下的黄土地与头顶的浩瀚星空。

2017 年 3 月 12 日，十二届全国人大五次会议新闻中心举行的记者会上，时任教育部部长陈宝生就“教育改革发展”的相关问题指出：我们国家现在有 300 万乡村教师，他们是我国基础教育的脊梁，尤其是我们农村孩子成长的园丁。

事实上，刘慈欣小说中描写的乡村教师不独仅有，像刘桂珍这样的乡村教师，也不是孤例。只要稍稍关注就能发现，更多乡村教师如同洒落在人间的善良，在条件艰苦的地方，在经济不发达的地方，在有学龄儿童的地方，在知识需要达到的地方，都有乡村教师在坚守。

1984 年，在内蒙古自治区乌兰察布市凉城县蛮汉镇，高中毕业二十二岁的程贵盘到圐圙小学任教。将近二十里的急转弯山路，从土路到砂石路，再到水泥路，是程贵盘每天上下班的必经之路。程贵盘三十八年九千多天，一天至少跑两趟，在这条路上往返。自行车骑坏四辆，电动车换了两辆，罔圇小学的教师换了一批又一批，程贵盘一直在坚守。

1998 年，在黑龙江省铁力市工农乡兰河小学任教的仲威平，正面临十四名由于家庭穷困、单亲、智障等原因无法转学面临辍学的孩子。为了不让孩子们失学，仲威平选择留下来。二十年来，仲威平每天骑自行车往返在乡间小路上，走了近十万千米的“送学”路。

刘效忠是黑龙江省哈尔滨市木兰县的一名普通乡村教师，在三尺讲台默默耕耘三十一年。作为村里唯一一名知识分子，三十年前，初中毕业的刘效忠成了村里的代课老师。起初刘效忠不同意，家里人也反对，但多种原因使刘效忠最终还是走上讲台。屯里十一个孩子年龄参差不齐，班级是四组复式，刘效忠每天要备一至四年级各学科的课。为能成为好老师，刘效忠进行了函授本科学习，从此每个星期日每个寒暑假都要骑车几十里去学习。

1988 年，廖占富被四川省巴中市通江县碧西小学聘为代课老师，安排在海拔约一千三百米处的火天岗村小学工作。在这个离中心学校三十多千米的小山村，廖占富与妻子张兴琼在大山深处坚守乡村教师岗位，一守就是二十五年。二十五年来，将一批一批学生送出大山。

张桂梅，“燃灯”校长，用生命撑起山里的免费女子高中。为了改善学校和学生们的生活、学习状况，她节衣缩食，每天生活费不超过三元，省下的每一分钱都用在学生身上，先后捐出四十多万元，她的学生没有一个因贫困而辍学。1997 年 4 月，张桂梅被查出子宫肌瘤，腹腔迅速膨胀，她一边吃药，一边把工作量加大到最大限度，一直坚持到 7 月份把学生们送进中考考场，才住进医院。

这只是乡村教师的几位代表性人物，更多乡村教师扎根农村，扎根大山，默默地做着人梯。他们的经历何其相似，他们的选择也何其相同；他们不同姓名，但有相同的情怀；来自不同省份，但对生命和生活的感悟相同，他们被称作“最美乡村教师”！

刘慈欣的小说里，乡村教师以一己之力，拯救了地球文明和人类。文学作品来源生活，对善和美，文学作品不过是忠实呈现而非塑造。正如所有文学作品里都能见到光一样，人世间有一种美，烛照千年，源远流长。

段家湾

上课和看病，刘桂珍都没有耽误。又是刘医生，又是刘老师，两重身份两种职业，刘桂珍每天一睁眼，都有很多事等着她。

病人上门，那就等刘老师下课，一边等，一边听学生们琅琅读书声。等的过程中，病痛似乎也在减轻。段家湾背靠大山，一条小溪在门前潺潺流淌，天空总是蓝的，云朵总是白的，鸟的鸣叫亘古不变，人在其中，生下来了，长大了，老了，死去了，埋进土里，来也来了，去也去了，倒也自在，若不是贫困与富裕有了比较，若不是先进与落后有了差距。陶渊明写桃花源“土地平阔，屋舍俨然，有良田、美池、桑竹之属。阡陌交通，鸡犬相闻”，营造出一个理想的乡村仙境，最终幻化成全体中国人千百年来一个共同梦境。但陶渊明又是何其清醒，在文章最后还是写下了“寻向所志，遂迷，不复得路”“南阳刘子骥，高尚士也，闻之，欣然规往，未果。寻病终，后遂无问津者”的无奈之语。

无论如何，当下的，总是时间长河里最先进的，往前的不是，往后的只能更先进。段家湾要想长久，想要成为现实里的桃花源，就得向先进靠拢，向富裕靠拢。

下课了。刘老师变成刘医生，给病人开药，给病人针灸，治疗或减轻乡亲们的伤痛。刘医生把病人安置在办公室，架上输液瓶，调节点滴速度，输液瓶连接着输液管，输液管连接着血管，药物顺着血管进入身体，去与病毒厮杀、相抵。上课铃响了，刘医生走进教室变成刘老师，继续上课。在教室里，刘老师的复式课堂井然有序，琅琅书声冲出教室，直上天空。天空之上，不知有没有一种连接地面的装置，用来探听或捕捉一些有关理想的、希冀的和放飞的东西。应该有，因为世界之奇妙，正在于来也来的，去也去的。

段家湾不大，有人用“抬头看大山，低头见石头”来形容它；

段家湾村的石墙和石阶

也有人用“绿树掩映、炊烟袅袅，是一幅上古时期赏心悦目的田园风景画”来形容它。这两种形容都对，也都不对。初春时节，段家湾一派寒素。田野封冻在春寒料峭里，欲解不解，一层淡淡的白碱浮在土地上，使看到它的眼睛觉悟出寒碜。整一个春天，要刮很多场风才能把杨柳的枝条刮软，才能把河水从冰冻中解救，才能把人们厚厚的冬装换下。然而夏天又来得太快，几乎是刚止住风，就得穿半袖了。春天过于短促，得赶紧春耕春种，无霜期太短，平均在一百五十天左右。段家湾没多少诗情画意可供吟咏，山寒水瘦风硬，最能剪灭一切不合实际。

夏天大概是段家湾一年中最好的季节了。绿树掩映下，段家湾高高低低的房屋，错落着掩映其间；庄禾高了，草也深了，飞来蝴蝶，传来鸟叫；山是翠黛色，凉爽自深山来，习习吹拂；青翠用来装饰窗户，星星野花用来维修心情；静坐石上，可侧听小溪流淌，亦可仰观白云苍狗，可不就是“上古时期赏心悦目的一幅田园山水画”吗。

秋天的段家湾很忙，收获季节，男人女人都在地里抢收庄稼。就连蚂蚱、蝼蛄、狼蛛、田鼠、野兔、石鸡，也是忙的，也懂得秋天收藏不到足够的粮食，冬天就打熬不过。收秋刚过，寒露霜降接连出击。重拳之下，大地一片肃杀。这时候再看段家湾，山体裸露，巨石嶙峋，荆棘丛生，恶劣气候赋予的穷相暴露无遗，走一路有一路的寒碜与贫瘠。

冬天的段家湾异常寂静，白天苦短，山里的气温低于平川，人们缩手缩脚。夕阳下沉，牛羊从远处归来，卷起一溜尘土，夜色随之降临。山里的夜尤其长，亮起的灯火映出孤村，在寒风中瑟瑟，在暗夜里清冷。以为已经到了深夜，但其实不过晚上八九点，这个时间段在城市，正是车水马龙，正是灯红酒绿。喧嚣与寂静一对照，中间能有一个世纪的时差。

所以，段家湾无法准确去描述、赞美和悲悯的，都对，也都不对。来自山西出版传媒集团山西新华印业有限公司的郭茂书记，从 2022 年 5 月开始成为驻峪口镇段家湾村工作队驻村帮扶干部第一书记，以下是摘自郭书记日记中的几个片段，或许能从一个独特角度来诠释真实的段家湾，到底是个什么样的状态：

2020年4月18日　晴

下午看见富贵的闺女海丽和她女婿回来了，还带着客人。女婿并没有说话，似乎靠在炕沿上，翻了一下眼皮。富贵说，明天带着闺女和女婿去五台山玩。这确乎是农村人的福利，就是自在。

晚上了，想着队友还没有回来，风停后出去转也有一阵了，打电话问说在滩上和二保又交流驻村工作抬开杠了。我才想起今天是农历三月十八，滩上过庙会唱大戏，刚整理完资料，正想散散，倒不如看看热闹。进了村也未见人山人海，甚至连人来人往都未曾见。继续开车到村庙旁边，这才听得板鼓声，走进去，高高低低一些人，戏台上明晃晃的，明镜高悬下正打着官司。舞台两边有电子屏。也幸有这个，不然我更看不进去。过了一会儿，看见几个熟脸庞。舞台对面的庙殿门口几个人在拍视频。菩萨们的面前香火缭绕。很熟悉的场景，只是人少了，嘈杂声也不大，人来人往并不杂乱，我却感觉少了什么。是的，山村的人少了，娱乐也浓缩到了手机屏幕上，眼前看戏的人恐怕也是逐年减少，最后消失。我怅然若失。

2020年11月17日　雨

整理了一天资料，写了两篇简报，只因下着雨不曾出去，晚饭后实在脑子涨得难受，趁雨不甚大，戴顶草帽出来散散。

出了小院，路灯朦胧，天气清凉，大山静默，小雨淅沥，竟似春雨般细柔，心也就悠然起来。村民的生活恬淡从容，刚刚晚上八点多，在城里才刚开始夜生活，这里已经是几家灯火，悄息静谧了。听雨打在地上的声响，也享受这难得的宁静，不忍自己的大声打破这美好的时刻。富贵家还是坐着几个闲人，说闲话，指头翻着手机。今年的牛贵了，往年一万多，今年两万多。

郭茂书记是山西新华印业有限公司综合办公室副主任，从2018年5月开始，先后在代县滩上镇小寺村、上馆镇橙草沟村、雁门关镇陈家庄村，以及峪口镇段家湾村做乡村振兴帮扶工作。郭茂书记 1978 年出生，有乡村生活经验，对乡村有深厚的情感基础，他的略带有文人气质的工作日记，真实记录了他在当下乡村的所见所感。

段家湾同时兼具独特性与普遍性。说它独特，它真是独一无二，是每一个出生在段家湾和生长在段家湾人的魂梦，他们熟悉的段家湾，每一块石头每一棵树都有来历和故事，每一处溪水的转弯处都窝着一泓思乡泪，每一个平凡下午的日落都是永生擦不去的疤痕。它那么独特，背靠南山，面临峪河，以河石垒墙，以木板搭桥，出生在这里和长在这里的人，和它气息相通，皮肉粘连。不独特，怎么能有一个全国劳模刘桂珍，用她的善良和信念以及一生的时间来守护它。

段家湾又那么普通，与古往今来所有乡村一样，在兴衰更迭里成就着自己，在抚育滋养中成全着生生不息，又在城镇化进程的凋零里，等待着凤凰涅槃，浴火重生。

独特又普通的段家湾，以及与段家湾一样的所有乡村，你赞美也好感慨也好，觉得衰败也好凋零也好，还是田园诗歌的存在也好，都不是它的本质，它的本质是不断向前。只有向前才是未知的。

一切未知的，都充满希望。无限！

段家湾，刘桂珍还在教室里给学生讲课，正如歌里唱的那样，“那间教室，放飞的是希望”。教室外，还有等着她输液扎针的病人。段家湾的寂静越来越明显。不知道从何时起，刘桂珍就成了段家湾的守护人，守护老人和孩子，就像守护历史和未来。刘桂珍身上开始有了担子，很是不轻。1992 年 7 月，刘桂珍加入中国共产党，从此，刘桂珍对于段家湾，有了特殊含义。尤其是刘桂珍在 1996 年起担任村党支部书记、2003 年兼任村主任以后，段家湾在刘桂珍的带领下，展开一种全新局面和全新发展。

金子

若说段家湾的特征，刘桂珍是最好的形象代表，她生在段家湾长在段家湾，是段家湾根脉孕育出的女儿，有着段家湾最鲜明的特质：朴素、善良、坚韧、聪慧。

然而南山孕育的女儿，最具段家湾特质，最能体现段家湾精神，把自己一生都奉献给段家湾的刘桂珍却说："我们家，是爷爷辈从河北阜平来段家湾的。"

当年，刘桂珍的爷爷从河北阜平来代县找金子。

这也好理解，代县境内矿藏丰富。根据1988年版《代县志》记载，代县"金矿分布广泛，类型较多"，主要有岩金、砂金和含金变质砾岩。其中岩金主要分布在八塔、滩上、高凡、马桥一带，尤以高凡——滩上一带矿化最好。刘桂珍的爷爷当年就是来高凡找金子的，然后把全家人从阜平带过来，安家在段家湾。

南山有金子，这是个由来已久的事。有一个流传代县很广的故事就是佐证。传说一个放羊汉在山里放羊，脚下被石头绊了一下，骂骂咧咧拾起石头，对着光一看，竟然是块不小的“狗头金”。

随手就能捡到金子，无论是传说还是真实，都让南山变得非比寻常。

爷爷有个金子梦，用带着梦想的眼光看段家湾，看到山清水秀，看到生生不息。从古至今，乡村没有闭塞过，是一直处在流动中，流动，是乡村社会保持活力、保持旺盛、保持发展，并一直能走下去的由来。如前所述，一个不流动不迁徙的乡村，不会是真正的桃花源，来也来的，去也去的，才是乡村社会应有的规律。

刘桂珍父亲那一代，共有兄妹四人，老大刘尚发，刘桂珍叫大爷，比刘桂珍父亲刘白小大三岁。还有个叔叔，在十六岁时因病去世。还有一个姑姑。

过往故事是掖在岁月大书中的一行行字，不动声色，不出声响，忠实地隐藏在深处。一旦去翻动，每一行字迹都是有声有色的故事，敲着曾经的锣鼓，闪着旧日的霞光，呼啸着扑面而来。

1980 年夏天的一个黄昏，晚霞铺了半边天，天空一半碧蓝一半火红。关于彩霞，在代县还有个古老又美丽的传说。传说天上的王母娘娘有九个女儿，九个女儿个个心灵手巧，她们的任务就是给王母娘娘织华美的锦缎。九个美丽的神仙织女，就这样不停地织啊织，织下很多很多光彩照人的锦缎，每当天气好的时候，织女们都会把织好的锦缎铺在天边晾晒，这就是我们仰头看到的朝霞或晚霞。

在锦缎一般的晚霞中，村口走来一个人，风尘仆仆，大步流星。村里人很快认出来，他是从段家湾走出去的刘尚发。

刘尚发是刘桂珍的大爷，也就是刘桂珍父亲刘白小的哥哥。刘尚发抗战时期就加入共产党，抗战胜利后又随部队参加了解放太原的战争。新中国成立之后，刘尚发跟着部队去了青海，先后做过汽车配件厂的厂长、青海两个县的县委书记，以及青海商业厅的领导。

阔别故乡多年，回到段家湾的刘尚发被乡亲们团团围住，有相识的大爷大娘、老哥老嫂，也有新一茬成长起来的后生小伙，这是谁家的小妞，仰着头看他，问他是谁，来自哪里？家乡的山水，家乡的亲人，家乡的炊烟，家乡的草木，让回乡的刘尚发泪眼婆娑。

南山脚下，段家湾，是烙在胸口的胎记。

小住几天后，刘尚发去邻近的东章村办事，一路陪伴他的是刘桂珍。

东章村的事很快办完了，刘尚发对刘桂珍说："我们走走？"刘尚发非常喜欢这个有一双晶亮眼睛的侄女，尤其喜欢她爱学习，是段家湾唯一的高中生。而刘桂珍对大爷也很崇拜，大爷是早期共产党人，又参过军，身上有很多故事。

南山脚下，道路是一条随意挥洒的白练，道路两旁的树是高大的白杨，前一排呈弓形向前弯，后一排士兵一样挺立，树叶在微风中抖动发出沙沙轻响。人走在路上，风从腋下穿过，听鸟在树梢高处鸣叫一两声，看树叶蝴蝶般飘零下一两片。有骑自行车的人从远处骑行而来，认识或不认识，都是乡亲，都面善，都可亲近。也有汽车驶过，掀起一股气浪。也有摩托闯过，如加速度的风团。

在这条路上，刘尚发给刘桂珍讲起过去的故事。

爷爷是在1927至1940年这个时间段来代县找金子，并最终决定把全家安置在段家湾的。

想要拨开时代云烟回看1927至1940年，需要把镜头拉大，放眼这个时间段的中国：南昌起义爆发，中国人民解放军成立；日军悍然发动“济南惨案”；世界经济大崩盘；“山西王”阎锡山作为封面人物登上《时代》杂志；中国遭遇特大洪灾，大半个中国泡在水中；九一八事变爆发；霍乱流行，波及二十三个省、市（特别市），三百零六个城市，几乎遍布全国；河北发生巨大蝗灾，蝗虫所到之处遮天蔽日，两天吃光所有收成，二百四十五万亩耕地受灾；卢沟桥事变，日军开始全面侵华；花园口决堤，千万亩良田顷刻间被河水淹没，千万难民流离失所……这就是1927至1940年间发生在中国的大事，中国正处在最动荡、最多灾多难的时刻。在这内忧外患的环境中，底层百姓处于何等水深火热、过着何等苦不堪言的日子，不言自明。

拖儿带女，举家搬迁到段家湾，刘桂珍的爷爷一定是被段家湾的僻静和南山的雄伟所打动。僻静，可以消弭瘟疫、洪水、饥饿、战乱和炮火，至少可以借此躲避。雄伟，则意味着供给和庇护。山脉相连，树木丛生，大山是无尽的宝藏，饿不死人，还可供人在其中周旋。

刘桂珍的爷爷把家搬来了，人安定下来，似乎可以耕田种地，日出而作、日落而息了。然而日本人的炮弹从不因为躲避而停止追伐善良的人。国难当头，覆巢之下，躲避从来不是最好的办法。

南山有金子这个事,不是新鲜事。据《山西矿物志略》记载，早在民国二年，也就是 1913 年，时人张之淦等人就成立“宝元金矿公司”，组织雇佣工人在甘林头大规模开采。因始终没有找到矿脉，采量不足，只能以亏损停业。

1988 年版《代县志》记载，1934 年 7 月，“掌寺沟之四行沟一牧童发现沙金一块。不久采金者达万人”。

有金子，各色人等怀着各种目的，往南山脚下汇聚。

不知道什么时候，段家湾村里就多出一个哑巴。这个哑巴能听到声音，也能听懂人说话，但不开口说话。问他什么，他都是用手比画。善良的段家湾人，从不把人往坏处想，不但不怀疑哑巴，还经常接济他一些吃的东西。

这个哑巴，不属于任何一个采金团体，也不是邻近村里的村民，因为不开口说话，也就不知道他是哪里人。只见他满山里游走，也不知在找寻什么。见惯了来南山脚下找金子的人，段家湾人也没当回事，毕竟想要成为第二个牧童或第二个放羊人、梦想一弯腰就能捡到狗头金的，大有人在。后来，哑巴凭空消失了。正如他突然出现一样，善良的段家湾人还是没把他当回事。蹊跷处在于，哑巴消失后不久，日军就来峪口镇、来段家湾村了。

据 1988 年版《代县志》记载，1937 年 9 月 17 日，日军侦察机首次在代县上空侦查。可以想象，头顶上悬着日军飞机，给一城老百姓带来多大的恐慌。同年 9 月 28 日，日本关东军察哈尔兵团突破雁门关以东的茹越口。接着日本关东军察哈尔兵团第二、第十五混成旅团侵入代县，继而第三混成旅团派一个中队百余人进驻县城，设日军司令部、宪兵队等。此后，又在各村镇设据点，其中一个就设在峪口。

11 月 1 日，日军驻阳明堡机场百余人到中解一带扫荡，纵火烧毁规模宏大的元代建筑延福寺，并到翟街、沙家村、下街、刘街大肆烧杀。烧毁民房一千七百余间，杀害村民十六人。11月3日，日军再次到翟街、张家寨、金街烧房三百四十余间，杀害村民七人。11月8日，代城、阳明堡又出现大批日军，第三次扫荡中解，共残杀村民四十四人，烧毁房屋两千两百余间。村民损失的粮食、财物难以计数，制造了代县沦陷后的第一起大惨案！

躲避、逃荒、惶恐，都不能免受屠杀，那就只能奋起反击！我中华儿女不惜用自己的血肉筑成一道新的长城。我雁门儿女，受素有“天下第一关”“三关冲要无双地”“锁钥”的边塞文化滋养熏陶，最不缺的就是反抗精神。反抗精神造就代州古老大地既崇文又尚武，既温润又铁骨铮铮，能写出“青春背我堂堂去，黄叶无情片片飞”诗句的萨都刺，也能写出满门英烈杨家将。日军暴行，激怒我雁门儿女，一股血性力量正在聚集，在涂炭与蹂躏下，正蓄势，发出自己的怒吼。

共产党人

反抗需要智慧。

在段家湾和讲堂村之间，经常会见到几个神秘的人，他们行动敏捷，眼神锐利，他们是驻扎在讲堂的抗日队伍。谁也不知道，初长成人、呈现一种“燕赵多慷慨悲壮之士”英武气质的刘尚发，是什么时候联系上抗日队伍的，是一个叫老左的人，介绍刘尚发加入了中国共产党。

“党支部就设在讲堂村，当时为代县县委七区。”1980 年，走在回段家湾的路上，刘尚发对刘桂珍说。

老左以割草为名，经常来往段家湾和讲堂村开会。老左割草是一把好手，弯着腰，戴着草帽，割起草来手快如游龙穿云。如老左这样的割草人，在南山脚下太常见了。南山本来就是全县域内水草比较丰茂的地区之一，来此割草的人全如老左这般穿戴打扮，也如老左这样被风吹日晒，伸出两只手来又粗又糙。唯一不同处，是老左眼睛里猛然间射出的精光。

或许就是这样的精光，让老左和刘尚发找到彼此。

反抗在进行中——

1937 年 10 月 18 日，八路军 120 师 358 旅 716 团主力于雁门关以南两侧高地设伏，打击往返大同至代县之间的敌运输部队，切断进攻忻口之敌的后方补给线。在廖汉生政委的指挥下，于雁门关黑石沟袭击日军汽车近百辆，打死日军百余名，损毁敌车十多辆。这就是著名的“雁门关大捷”。

19 日夜，八路军 129 师 769 团，为配合忻口战役，在代县人民的帮助下，隐蔽地进入代县南阳明堡飞机场，在团长陈锡联的指挥下，突然发起进攻。经过一小时激战，歼灭日军百余人，击毁飞机二十四架。这就是著名的“夜袭阳明堡机场”战役。

两场大战役，极大地打击了日军的嚣张气焰，让日军看到了我中华民族反抗之决心，也尝到拳头的滋味。

两场著名的抗日战争之外，发生在代县境内的抗日从未止息，世代生息在这片土地上的人民，素有勤劳勇敢、反抗暴政、抵御外侮的优良传统，正如歌词里唱的那样："我们生长在这里，每一寸土地都是我们自己的，无论谁要抢占去，我们就和他拼到底！"

1938 年 4 月中旬的一天夜晚，八路军四团从代县磨坊出发攻打被日军占领的代县城。一营攻东门，二营攻西门，特务连攻北门，三营在南门外担任警戒。另有一连埋伏在桂家窑坟地，为北面警戒。深夜，我军架云梯攀登入城，当日军发现三面被围后，仓皇应战，企图从南门逃出。受三营阻击，只好退守到南门城楼上据守。黎明，四团撤出阵地。

这次攻城，毙敌十余人，缴枪十余支，获子弹六千余发。攻城之后，日军惊恐万状，四团威名大振，被称为"黑虎团"。

1943 年 6 月，河北区队拔除石岗据点。此战，由县敌工部长高凡侦察敌情，县委书记林心贤参与指挥，在中解口子、南门园、胡家沟、峪口等地均设有打援部队。攻击开始后，我军以猛烈火力，掩护战士们扑到炮台下面，正要发火焚烧炮台，敌人举械投降。此战，俘伪军三十余人，缴枪三十余支，获子弹一千余发，烧毁敌炮台。从此，石岗据点拔除。

1938年9月30日，驻代县日伪军两千余人，沿峪河沟进犯晋察冀边区驻地五台。沿途烧杀抢劫，杀死峪口村民十二人；石家湾一人；殷家会采金工人六十三人，村民二十三人，其中六户被杀绝；杀滩上村村民十人。两日内，共杀我同胞一百零九人。妇女多被轮奸，财产损失无数。我四团即派特务连一个排，与驻防峪口的六连联络，并侦查敌情。走到宽滩，与日军遭遇，激战一下午，敌我伤亡均二十余人。日军受阻，只好龟缩到殷家会。

说到高凡，刘尚发顺手指了指高凡村的位置。彼时，夕阳西下，万道霞彩，人间被金色笼罩，和平而闲适；路旁小树林腰间缠上若隐若现的白纱雾，一望无垠的田地里，庄稼葱茏而茂盛，散发着从生长到成熟的气息。刘尚发和刘桂珍走在这样的路上，安宁又舒畅。果然，路是故乡的最好走，太阳是故乡的最灿烂，风是故乡的最香甜，伯父那一天心情格外好，走一路就与刘桂珍说一路的话，那是因为，故乡的话最顺口，最发自肺腑。

“高凡是共产党。”刘尚发说。

在代县，高凡的名字如雷贯耳，他是代县的抗日英雄，高凡村就是以他的名字命名。刘桂珍早知道高凡，但详细的故事还得听刘尚发娓娓道来。

高凡是安徽省凤阳县人，七七事变后，受我党委托在国民党新编二师政治部任政治宣传队队长、五团政治部主任，为我党做兵运工作。后转八路军 359 旅，历任公安局局长、基干游击队政委、敌工部长等职。

1939 年底，高凡任基干游击队政委兼四中队政治指导员。其间，高凡积极招募新兵，壮大革命武装力量，经常活跃在南北两山打击敌人。一次日伪军三十余人到三家村抢粮，高凡诱敌深入，布下口袋阵，打得敌人晕头转向，缴获了不少枪支弹药。同年冬天，日军抓差修筑县城至滩上的公路，高凡带两个班在麻地沟口生俘黄工头，消息传开后，伪军汉奸个个胆战心惊。

1940 年底，高凡调任敌工部部长后，“内线”工作发展很快，为我党取得了不少重要情报和大量武器弹药。据记载，随着抗日根据地的建立和发展，我党的队伍不断壮大，到 1940 年底，全代县有三个区委，三十余个党支部，两百余名党员。

南山是四区所在地，地域较广，地形复杂，易于开展游击战争，加之南与晋察冀边区驻地五台县接壤，是代县具有重要战略位置的抗日根据地。

1939 年夏，日军在四区寨里（现名高凡村）增设据点，在实行“三光政策”的同时，网罗反动封建势力，对根据地进行蚕食。是年十一月，号称“一沟王”的牛家渠白氏家族投靠日军，充当汉奸，接着本族中又有六人投敌。尤其是 1941 年，四区助理员白以清和原四区区委书记、拟调山阴县委宣传部长的张桂芬投敌后，使各村党、政、群、团组织全部暴露。在日军和叛徒们的胁迫、引诱下，有近四十名县、区干部自首投敌，有的还充当密谍，带领日军到处烧杀。我方十二名情报员中有七名同志被杀，五名被迫转移。此外还有二十四名坚持抗日的县、区、村干部被捕杀，碾峪、兔虎崖、六谷、枪杆等村庄的四十三名抗日群众也惨遭杀害，整个四区的所有支部皆遭破坏。

高凡及时送出情报,使我党避免了一次重大损失。一个“及时”，里面包含着高凡多少艰苦卓绝，多少机智灵敏，和多少在生与死之间擦边而过。

1943 年 7 月，高凡只身进入聂营日伪军据点，在“内线”

配合下，活捉了伪军分队长李子适，使伪军一百余人反正，加入抗日部队。

同年秋，为使寨里据点伪军反正，高凡三次深入虎穴，陈说大义，并商定伪军起义并夺取日军炮楼的计划。九月二十三日，高凡再次进入据点，不料伪军班长刘俊背信弃义，向日军告密。日军素闻高凡足智多谋且枪法高明，不敢闯进高凡住房，便一边包围，一边从屋顶上挖窟窿。当屋顶挖塌时，高凡连打数枪，趁敌慌乱之机由后窗跳出，迅速冲到村边寨墙。但翻身越墙时，被敌机枪射中牺牲，时年三十五岁。

代县人民为纪念高凡烈士，将寨里村改名高凡村。

革命故事惊心动魄，革命英雄如此英勇悲壮，刘桂珍听得热血澎湃。从小到大，每年清明节，学校都组织学生纪念革命先烈，对“无数革命先烈抛头颅、洒热血，用鲜血和生命换来我们今天的幸福生活”这句话，刘桂珍才有了更深的体会。

同时，“共产党”三个字也更深地扎根刘桂珍的心里。

“代县不只有高凡村，还有芳昌村，也是以革命烈士金芳昌的名字命名。”

刘尚发顺手指指芳昌村的方向。那个方向，炊烟袅袅，倦鸟回归，田园草木是那么安宁与葳蕤。

金芳昌的故事在代县也是人人会讲。这也难怪，天地之间有一杆秤，谁是英雄谁为好人，总被称得明明白白。

1920 年，金芳昌出生在回族小商贩家庭，是山东省聊城市城内南步云阁人。七七事变爆发后，金芳昌跟随哥哥金默生和一批爱国青年到济南投入抗日救国的宣传工作。同年 11 月，在党的指引下，渡过黄河到临汾，进入山西民族革命大学并参加了中华民族解放先锋队。

1938 年“民大”毕业后，金芳昌被分配到晋察冀抗日根据地工作。同年秋来到代县，年底加入中国共产党。历任县牺盟会秘书，二区、一区区委书记，县委执委、县委宣传部副部长等职。当时他年仅十七岁，但在对敌斗争中，机智勇敢、胆大心细，多次出色地完成任务，成为全县有名的抗日小英雄。

1939 年冬,有一批公粮要运往五台,金芳昌主动承担任务。因通道和谷口都被敌人严密封锁，他带领民兵穿过冰天雪地的高山深谷,绕道数百里,按时将公粮运到目的地,受到上级表扬。

次年春，中解村一带由于恶霸汉奸作乱，抗日工作受到严重影响。金芳昌受命前往，将一个恶霸地主就地处决，并把他勒索的财物交还群众，这使他在村里的工作很快就打开了局面。在残酷的环境中，金芳昌和群众建立了鱼水之情，群众亲切地称他为“小金子”。

1940 年 11 月 23 日，金芳昌和区武委会主任周志远到赤土沟一带督送公粮，被叛徒告密。芳昌刚一露面，敌骑兵、步兵蜂拥而至。芳昌明知上当，边打枪边向山上退去。当子弹打完后，他迅速将手枪、文件掩埋，与敌人徒手搏斗中被捕。敌人把他绑在古庙前树上，逼要枪支。他说：“八路军有的是枪，但枪是抗日用的，不能给你们这些狗东西去残害老百姓。”

几天后他被转送到日军宪兵队审讯。日军给他钉木签、戴“木狗子”，施尽严刑，但始终没有动摇他革命到底的决心。他咬破手指用鲜血在墙上写下了“严刑利诱奈我何，颔首流泪非丈夫”的雄壮诗句。

同年 12 月 3 日，敌人把金芳昌同志捆绑在马车上游街示众。临刑前，金芳昌回头怒视着刽子手喊道：“只准你砍一刀，砍两刀就跟你算账！”

为纪念金芳昌在抗日斗争中的不朽业绩，大西庄改名为“芳昌村”。

“只准你砍一刀，砍两刀就跟你算账！”是一个共产党人的铮铮铁骨和英勇无畏。刘桂珍望着远方，久久没有收回目光。小时候看电影，看到过许多不屈的英雄形象，还从来没想过自己原来距离英雄这么近。

“还有双徐，也是为纪念牺牲在上曲村的两位抗日英雄而改名的。”刘尚发说。

是的。刘桂珍当然知道，“双徐”纪念的是抗日英雄徐廷华和徐明。这两位共产党人，牺牲在雁门关下这片热土上，雁门关下的热土以他们为骄傲，他们也为能牺牲在这样豪迈的土地上而骄傲。所以有了毛主席的那句话：我们为人民而死，就死得其所。

高凡、金芳昌、“双徐”，这都是代县人耳熟能详的抗日英雄。但其实，还有无数抗战英雄，无数共产党人，用他们的青春和热血浇灌这片土地，用他们的英勇和刚烈以及智慧，指向不屈，指向奋斗。

一个叫樊德生的，代县东关人。1937 年 9 月日军侵占代县城，他正在省立第五师范读书。目睹山河沦陷的惨景，悲愤至极，停止学业，联系数名同学参加县动委会的工作，次年加入共产党，曾任县政府总务，二区西盟会秘书，二、三、六、七区区长。

还有一位韩晓成，北平宛平县人，1937 年随舅舅来代县淘金。七七事变后参加抗日工作，任代县三区助理员。次年加入共产党，任五区区长。同年冬任抗日政府金矿局局长。1939 年，日军大搞治安强化，我县委、县政府机关被迫移至北山一带活动，西部平川地区沦为敌占区，故设立西区办事处，韩晓成任主任。在白色恐怖下，韩晓成发动群众开展游击战争，恢复、发展党组织。1940 年正月初一，西区部分干部在东营沟过春节，被汉奸告发，遭伪警备队包围，韩晓成在突围中不幸中弹身亡。

“我记得，当时有个姓孟的民兵队长，扮成村民在段家湾侦查日军活动，被伪警备队的人认出。”刘尚发说，那位姓孟的民兵队长，当即被日军打死，就葬在武强村附近。“他连名字都没来得及留下。”

刘尚发不胜唏嘘。这一路，就着夕阳和满天彩霞，刘尚发给刘桂珍讲了这么多故事，其实就只三个字——共产党！刘桂珍听懂了。

热血雁门关

刘桂珍的父亲刘白小入党，就是大爷刘尚发介绍的。

那是1943年，父亲在党旗下宣誓，成为一名光荣的共产党员。这里有必要说明一下1943年前后，代县的抗日战争环境，以及刘桂珍父亲刘白小从一名地下党员成长为段家湾第一任党支部书记的历程。

1941年以后，抗日战争进入相持阶段，斗争日趋残酷。在代县，日伪到处安设据点，经常四处扫荡，抗日根据地经常遭受袭击和破坏，尤其是日军实施“治安强化”“以华治华”的侵华政策以来，网罗汉奸、叛徒瓦解革命队伍，使党组织遭受严重破坏。据统计，1941年下半年代县党支部减少到十六个，党员下降为一百五十二名。其中十五名党员逃亡，三十一名党员叛变投敌。

二区紧邻县城，自金芳昌同志任区委书记后，抗日工作热火朝天，我党政工作人员经常在城周围，甚至进入日伪重兵把守的县城开展工作，对敌威胁很大。因此，二区党组织成为敌人重点破坏对象。1940 年 11 月 13 日，因叛徒告密，区委书记金芳昌、武委会主任周志远被敌抓捕，12 月 3 日惨遭杀害。之后敌人的破坏活动更为疯狂。1941 年至 1942 年冬，全区六个支部曾一度全部被破坏。区委主要干部中，有四名光荣牺牲。其中，区委书记冯国钧，于 1942 年 4 月与日军“讨伐队”遭遇，拉响手榴弹与敌同归于尽。党员中，意志薄弱者有八人逃亡，四人叛变。

四区位于南山地带，地域比较广，地形也复杂，易于开展游击战争，加之南与晋察冀驻地五台县接壤，是代县具有重要战略位置的抗日根据地。1939 年夏，日军在四区寨里（现名高凡村）增设据点，实行“三光政策”，同时对根据地进行烧杀。在敌人的威逼利诱和残酷镇压下，我方十二名情报人员有七名被杀，五名被迫转移，还有二十四名坚持抗日的县、区、村干部被捕杀，有四十名抗日群众也惨遭杀害，整个四区的所有支部皆遭到破坏。

以下一表，是民国二十九年（1940 年）至民国三十年（1941 年）四区牺牲的干部统计表，可见当时抗日斗争之残酷。

附：民国二十九年至民国三十年四区牺牲的干部统计表

时　　间	事　　件
民国二十九年三月十二日	汉奸白 ×、白 × 告密并带领日军围剿正沟村，县青救会主任安喜增、县农会干部吴继光、县民政科长柳宗湖、四区区委书记赵高琪四人惨遭杀害。
民国三十年五月上旬	叛徒白以清告密，在滩上村捕杀负责情报工作的党员宋三和本村党支部副书记张冠森。
民国三十年五月四日	汉奸白 × 向日军告密，将阳花村农会主任王金智、农会干部韩还来以及村副白九十三等三人骗到寨里敌据点杀害。
民国三十年五月下旬	汉奸白以清带领日军围剿龙王堂后山洞，将四区区长刘平和他的通信员杀害。
民国三十年六月十五日	叛徒白以清告密，将滩上村党支部书记贺如琛捕杀。
民国三十年六月十六日	白以清告密，南石岸村干部、共产党员马三娃、马四金被捕杀。
民国三十年六月三十日	白以清密带日军围剿上苑村，将区委周卓甫、上苑村武委主任周立子、村农会主任乔如如捕到寨里枪杀。

民国三十年七月二日	汉奸白以清告密，将滩上村情报员、共产党员杨计成、赵官明捕杀。
民国三十年七月十四日	大地村农会主任郑明富被叛徒白以清密领日军围村捕杀。
民国三十年七月二十一日	是日，区委在兔虎崖村开会。白以清领日军围村，将四区农会主任杜连生、区工会干事王六、兔崖村长王栓牢、村副张臭小以及参会的六谷村农会主任张六狗、村长张三狗等六人捕杀。
民国三十年十月八日	叛徒白以清引日军围剿麻黄沟，将四区干部李二娃捕杀。

说是一份统计表，不如说是一条条鲜活的生命倒在血泊中，是雁门关下好男儿用生命抵御外侮，书写的不屈和抗争。

这期间，大爷刘尚发在党的领导下，与敌人斗智斗勇，也没有忽略刘白小少年初长成。1943年，刘尚发介绍刘白小入党。野火烧不尽，春风吹又生。日军的杀戮，不能破坏我党的蓬勃发展，不能减灭我雁门儿女的昂扬斗志，反倒让人对党更加向往和渴望。能加入共产党，是刘白小的心愿。这是一种身份标志，是对自身能力的一种认可，在环境无比恶劣下入党，被党接受，就是考验。成为共产党员，参加在组织里，从此是同志，是为共同理想和事业而奋斗的人。

刘白小秘密入党，成为段家湾民兵队长。有前面那位姓孟的民兵队长被日军识破用枪打死为鉴，刘白小这个民兵队长在为八路军送情报时，行动更矫捷，做事更周密，斗志更顽强。

来看我党是如何依据斗争环境，来与敌人进行周旋和斗争的。1941 年，晋察冀边区二分区党委决定，以滹沱河为界，实行山、代分治。滹沱河以北，称山阴县，以代县北山为根据地，向北推进。滹沱河以南，仍称代县，扩大了南山地区根据地。为恢复四区工作，县委采取四条应急措施：

一、镇压叛徒，打击反动势力的嚣张气焰。

二、加强领导力量，派敌工部同志在八塔沟和五台山北沟等地活动；派区委书记和妇救会的同志在康家沟和青山等地活动，两翼靠拢，向寨里敌据点合击，重新开辟四区工作。

三、正确执行锄奸政策；开展对伪军的策反工作，给变节分子立功赎罪的机会。

四、在初步打开局面的同时，慎重地开展党建工作。至 1942 年，四区的基础党组织多数重新建立。

以下一表，是代县党组织从民国二十六年（1937 年）到民国三十七年（1948 年）间，历年发展党员的情况统计表。

从这份表里，可以清晰地看到革命的火种在代县、在雁门关下，是如何发展、壮大，并最终以星星之火燎原的。

代县党组织解放前历年发展情况统计表

年度	基层党委	总支	支部	个别关系	党员
民国二十六年					
民国二十七年	2		19		
民国二十八年	2				
民国二十九年	3		30		
民国三十年上半年	5		30	6	210
民国三十年下半年	5		16	2	152
民国三十一年	5		16	3	206
民国三十二年	5		26	18	398
民国三十三年	5		117	47	1048
民国三十四年	8		175		2003
民国三十五年	8		194		2379
民国三十六年	7		246		3611
民国三十七年	7		246		3553

1980年的大路上，刘尚发和刘桂珍走一路讲一路故事。刘尚发很早就是党员，经历过抗日战争的腥风血雨，在严酷环境下得到锻炼。随后，又随部队参加了解放太原的战争。中华人民共和国成立后，刘尚发继续跟随部队到了青海加入轰轰烈烈的新中国建设中。可以说，大爷刘尚发，是家国命运的一个缩影，是一代有理想有信念人的代表。刘尚发把一生都献给了党，党也同时成就了刘尚发，使刘尚发从段家湾走出，走向更广阔的人生舞台。刘桂珍为有这样的大爷感到骄傲。

同时，刘桂珍也隐约觉察到，大爷对她有期许，有希冀。

其实，刘桂珍也开始对自己有了期许和希冀。共产党员，多么光荣的称号，多么令人向往的身份。大爷刘尚发，父亲刘白小，是身边的共产党人，是最亲近的人，也是榜样的人。他们都有坚定的理想信念和政治信仰，尤其父亲，有甘于奉献和敢为人先的精神，刘桂珍耳濡目染，懂得成为共产党员意味着什么。

几天后，大爷刘尚发走了，回到青海他的工作中去了。伯母是上海人，在青海农业农村厅做会计工作，是大爷刘尚发在青海认识并结婚成家的。大爷刘尚发这次回段家湾，带给刘桂珍的冲击不可估量，刘桂珍的心里从此埋下一粒种子，这粒种子扎在她的心里，她又把自己深深扎根在大山里。所以当有人问起，“凭你的努力，本来可以跳出农村，或许个人会有更大的发展，而你却待在大山三十多年，不后悔吗？”她才能坦然回答：“我没当过兵，但我有‘阵地’意识，这个阵地就是段家湾。我既然上了阵地，就要守好它。”

历史不能忘记，这既是刘桂珍传承在身体里的红色血脉，也是刘桂珍日后能够一肩挑四担的精神来源，更是她筚路蓝缕，最终能成为全国劳模以及党的二十大代表的由来。

我发誓——

1992年，又是一个夏天来临。石竹、打碗碗、凤仙、洋牡丹，次第开放在段家湾每一户人家的庭院里。这一年对刘桂珍来说很重要，7月，她加入了中国共产党。

父亲是个严肃的人。当年，父亲要求刘桂珍放弃高考回段家湾当“赤脚医生”时，说的那句“村里就你一个高中生，你不干谁干？”至今掷地有声。经过从前的抱怨和后来的认命，到此时，刘桂珍更多的是对父亲的理解。以前饿肚子的时候，大队里分萝卜叶子，父亲把分到自己名下的萝卜叶子让给别人。不是父亲不需要那些萝卜叶子，是父亲不让谁让的道理。父亲是共产党员，是村里的党支部书记，父亲说：“没有私心，事情才好办。”

再到后来，父亲刘白小作为有贡献的老党员，本来可以享受用集体的钱买医疗保险，但他拒绝了。父亲说：“不能占公家的便宜。”

段家湾村域面积四千一百七十五公顷，耕地面积八百零四亩，山多而耕地面积少，全村人口最多的时候也就九十八人，有人口“不过百”的说法。别看段家湾不怎么大,但百人百姓，百家百样。家家一本难念的经，每家每天，睁眼七件事柴米油盐酱醋茶，婚丧嫁娶，生老病死，邻里纠纷，生意往来，庙会启事，上级文件、会议精神，父亲这个村党支部书记，当得可没那么容易。

“不能占公家的便宜”和“没有私心，事情就好办”，父亲说过的这两句话，在刘桂珍这里是两种身份的同样两句话。作为共产党员，父亲的这两句话是对她共产党员身份的约束，它使人简单，透亮，有旗帜的作用。作为一个父亲，这两句话是在给刘桂珍立人、立身，是家教。

刘桂珍申请入党，得到父亲的眼神嘉许和支持。

每年 7 月都是段家湾风景最美的季节。春天里种下的花都开了，都是耐旱耐寒的品种，经得起昼夜温差，经得起风吹日晒，经得起病虫灾害，一旦开放，花盘都大，颜色都丽，花期都长，是经过各种磨难考验后开放的花。同样经受住考验的，还有春天里种下的庄稼，玉米、高粱、黍子、黑豆、荞麦，都是撒种就能活的农作物，从不计较土地贫瘠和气候恶劣。

7月，峪河水快到汛期了。峪河属常年河，发源于滩上镇上阳花庄子以西的娘娘垴，有五条沟汇流。北岸沟、南岸沟、马桥沟三条沟汇合于滩上村，流经高凡村又有八塔沟汇入，合流后在段家湾又有武强沟汇入。五沟合流的峪河，南北流向，流经滩上镇、峪口镇，在峪口镇贾村注入滹沱河。峪河流长约三十九千米，流域面积约三百五十四平方千米。峪河水流经段家湾，灌溉段家湾的田地，也是段家湾门前的一条活泼而携带记忆的潺潺流水。

7月，学生们放假了，刘桂珍相对轻松一些。来找她看病的或她去病人家里看病，都从容许多。乡亲们见到刘桂珍，叫一声“四女”的乳名，更加亲近。看病之余，一起晒太阳，一起聊家长里短，任光阴从身边滑过。能把时光消磨好，不骄不躁，不气不馁，何尝不是一场人生大考验。

7 月，刘桂珍在党旗下庄严宣誓——“我志愿加入中国共产党，拥护党的纲领，遵守党的章程，履行党员义务，执行党的决定，严守党的纪律，保守党的秘密，对党忠诚，积极工作，为共产主义奋斗终身，随时准备为党和人民牺牲一切，永不叛党。”

听到了。段家湾的山和水、树和草、牛和羊、房屋与河石、白云和蓝天、青松和翠柏，架在小河上做桥的木板、放在屋檐下接雨的水缸、长在墙头的一蓬蒿草，把段家湾揽在怀抱中的南山和南山上空飞过的大鸟，都听到了。

听到了，也就见证了。听到了，雄伟的更加雄伟，艳丽的更加艳丽，坚韧的更加坚韧，严酷的，依然严酷。它们都知道，刘桂珍从此更坚定更深入更有意义地参与进来了，是它们中的一份，血脉相连，地气相同，不可分割。

听到了，很多年前骑自行车与人相撞的少女刘桂珍，隔着时光与时空，听到了自己的宣誓。那一撞，成了现在在党旗下宣誓的必然。留在段家湾，留在南山脚下，是命运给她的任务，她还有很长的路要走，还有更加光辉的事业等着她去创造。

刘桂珍一双眼睛漆黑晶亮，她嘴角上扬，嘴唇紧抿，她意志坚定，她信念坚定。

党员身份，奠定刘桂珍在以后的日子里，再给乡亲们看病，就不只是依靠本性善良了，而是多了一个共产党员的责任与担当。再给学生们上课，刘桂珍也不只是代课老师了，她还是在实现自我价值。

到距离段家湾最远的村子去给乡亲看病，刘桂珍总是及时赶到，自己辛苦一点，用她的话说，“是应该的。”一有闲暇，刘桂珍就走门串户，给乡亲们检查身体，发放药品。以前，刘桂珍给乡亲们看病不收诊费。后来，她有了每月四百块的乡村医生补助，看到有老乡实在困难她干脆连药费也给免了。再后来，她又悄悄给老乡垫付新农合医疗保险金。

四十多年的乡村医生，刘桂珍贴着诊疗费和药费，贴着时间和辛苦，贴着一片热心，为周围十里八村的乡亲们看病、诊疗、打针、输液、针灸，到底是为了什么？天性善良使然，家庭成长环境也占一定比例，成为共产党员后，责任和担当是关键。在不知不觉中，刘桂珍完成了对自己的提升和成长。

段家湾一直没有迎来新的老师，刘桂珍也就一直是代课老师。复式教学还是比较累的，一天六节课和课前备课、课后批改作业，刘桂珍被“拴得死死的”。课间和礼拜天，还有来找她看病的乡亲。

刘桂珍是在疲累中找成就感吗？有那么一点，但不全是。还记得，最开始村委会给刘桂珍做工作，想要她当代课老师时，她是有抵触的。清楚记得那是1988年，村委会给刘桂珍做工作，说：“你看咱这也没有别人了，你就暂时给学生们代代课，等分配来新老师，你就不用了。”教书？刘桂珍从来没想过，家有三斗粮，不做孩子王。刘桂珍想用一个“不”字回绝。当时还是村支部书记的父亲刘白小说：“你给代一段时间课，不然的话，村学校就要倒塌了，以后咱村的娃娃们上学可就苦了。”刘桂珍不情愿，但在父亲严厉的眼神和坚定的态度下，还是答应下来了。

这一答应，就是二十九年。刘桂珍经受住了双重考验，父亲的和党支部书记的。

记者采访刘桂珍最常提出的问题是：“你有很多次走出段家湾的机会，为什么都不走？”刘桂珍听后笑了笑，点点头。说话的人忽略了刘桂珍的共产党员身份，忽略了她在党旗下宣誓的决心，忽略了父亲对她的影响。她走了，谁给乡亲们看病？

她走了，谁给学生们代课？她走了，老人们谁来照顾？她走了，段家湾谁来守护？她走了，南山由谁来扎根？在党旗下宣誓过的刘桂珍，已于生命的长度中，延展出了生命的广度和深度。这不足与外人道，笑一笑，点点头，就是她的朴素表达。

刘桂珍没想过走，从来没有，所以每有记者采访她，提出同样问题，问她一辈子都在大山辛苦付出，值得吗？她都回答："值得。我做我自己想做的事情，做好应该做的事情就行了。"

刘桂珍把她做的事，全都看成是应该做的。《忻州日报》2017年5月17日这样报道刘桂珍的先进事迹：

刘桂珍，1963年1月生，1992年7月加入中国共产党，代县峪口镇段家湾村党支部书记、村委会主任、乡村医生、代课教师。刘桂珍先后获得"代县第二届道德模范""代县三八红旗手""忻州市文明和谐家庭""忻州五一劳动模范"等荣誉称号。2014年被中共忻州市委、中共代县县委评为"党的群众路线教育实践活动先进个人"，2015年被评为"忻州好人"，2016年被中共忻州市委、中共代县县委评为“优秀共产党员”。

自参加工作以来，作为脱贫致富的领头雁、治病救人的好医生、教书育人的好老师、扎根山区的好党员，刘桂珍三十九年如一日始终怀着一颗为民服务、不畏艰难、乐于奉献、不图回报的赤诚之心。她舍小家、为大家，始终把群众利益放在首位，忠贞不渝践行党的宗旨，充分发挥一名基层党员的模范带头作用，在平凡的岗位上体现着新时期共产党员的使命和担当，在默默坚守中追求和实现着自己的人生价值。

面对记者采访也好，与人随便聊天也好，和乡亲们交心也好，刘桂珍说得最多的一句话，是“我只是做了我应该做的”。《忻州日报》的这篇报道，真是替刘桂珍说出了她没有说出的话，她确实是一个基层党员，起到了模范带头作用。这一点，她不是刻意为之，只觉得是应该。她也的确是有一颗不图回报的赤诚之心，她把自己的人生价值放在里面，要说有回报，那是她自己对自己的回报。

很多年过去了，刘桂珍依然记得那个夏天的傍晚，大爷刘尚发和她一起走在回段家湾的路上。那一路，大爷刘尚发给她讲了很多，有他们自己的家族史，有段家湾的革命史，有代县从战火硝烟中走出来的红色史，有雁门关儿女不畏强暴的抗日战争史。不忘历史，方能守住初心。刘桂珍正是从那天起，有了政治理想，直到在党旗下宣誓后，刘桂珍真正有了爱党为民的品格，有了勇挑重担的拼搏精神。

aoe 和 123

峪河水潺潺流动，遇到汛期，水流陡然加大加快，这是南山地势造成的。段家湾在南山脚下，峪河从滩上的娘娘堖出发，五沟汇流，一路高歌，一路奔流。在段家湾的这一段，温驯的时候有，暴虐的时候也有。温驯的时候，小河潺潺，里面有像钉子一样的小鱼，还有摇着尾巴找妈妈的蝌蚪，是段家湾天造地设的一个乐园。

五月里，槐树的树荫壮大起来，一早起来，密叶后的鸟赶起集，叽叽喳喳吵嚷着。谁家的黑狗，蹲在河石垒就的墙下，看一只三花猫轻手轻脚地走过。山岚薄雾中，荷锄人把草帽扣在上头往地里走去，手里还牵一只白羊。羊年龄不大，胡子一把，一边走，一边“咩”。鹁鸪在河边喝水，脖子一耸一耸，发出咕噜咕噜的声音。站在村口大着声音喊一声：“刘老师呢？”地里会冒出一个脑袋，也大着声回问一声：“你是找桂珍吗？”这边大声说：“是啊。”那边就用手卷个话筒，回答说：“打早就去学校了哦。”

若是天寒地冻，村口的树上就只剩黑背白肚的喜鹊了，嚓嚓，嚓嚓，叫声真难听。捡一块石子打过去，喜鹊一个翻飞，白肚皮是黑翅膀下的亮，惊艳人的眼。喜鹊飞到树上，站在树丫上照样嚓嚓，嚓嚓，那就是在骂你呢。冬天的太阳懒，迟迟不肯出门，站在河石墙下大声喊：“刘老师呢？”河石墙后会冒出一个脑袋，也大声回问：“是找四女吗？”“是呀。”“你不见学校教室的烟囱冒烟了，她在学校啊。”

同样天造地设给段家湾的，还有老师刘桂珍。一个月拿七十五元钱代课费的老师刘桂珍，为了让学生掌握更多的知识本领，白天在学校里教书，业余时间除了给乡亲们看病就是钻研教学，她所带的班级成绩一直在乡里领先。从2006年开始，一些非服务片区的学生专门到她任教的学校上学。为了让这些学生少跑路，刘桂珍将他们带回自己家中吃饭，这样，学生一

刘桂珍了解村民生产生活情况

天可以少跑十几里路。

靠山吃山，靠水吃水。段家湾背靠南山，山上长什么叶结什么果，村里人很清楚。柴胡、党参、黄芪、枸杞，还有榛子、蘑菇、酸枣，只要愿意上山去采、去摘，总是收获颇丰。南山就是这样，不免偶然露出峥嵘，不免时常现出穷相，教人跺脚咒骂；不免一脚踢出块狗头金，也不免长出山珍来，教人意外惊喜。那几年，乡亲们上山挖草药，一年能打闹个五六千块钱，有人喊刘桂珍一起去。刘桂珍哪有时间啊，不给学生上课了？

不给病人看病了？

叫过几次，刘桂珍都不去，就再不叫了。

也是 2006 年，段家湾小学与邻村的王家会小学合并，刘桂珍又转到王家会小学任代课老师。这一转不要紧，从段家湾到王家会五里地，刘桂珍每天来回跑，还都是山坡路。好在学生只有五名，代课费由原来的七十五元一路上涨，涨到六百元。她教过的学生，没有辍学的，都上了初中、高中，有的还考上大学。只要肯耕耘，必定有收获，不止天道酬勤，南山虽穷，但也从不吝啬对勤奋和善良的褒奖。

村里好多学生都转到城里去了，这是刘桂珍愿意看到的，能接受和享受更好的教育质量和教学环境，为什么不呢。转到城里去读书的学生有千百种转去的理由，留下来的，也有留下来的千百种理由，唯一不变的，是他们的刘老师。从各种媒体采访的镜头下，都能看到刘老师手把手教学生写作业，做功课。这个姿势，刘桂珍已经保持了很多年，镜头不过了是定格住了其中的一秒或几秒。

五年级的丁秀娟不想走，她说："我舍不得老师。老师哪都好，我生病了她会去我家看我，给我拿药。她还陪我们打沙包、跳绳、打羽毛球玩儿。”丁秀娟只是说出了她的心里话，刘桂珍听了却禁不住心软，禁不住流泪。二十九年的代课老师，说她是红烛，燃烧自己照亮他人，那是书面语言，实际上，她是柔软心肠，流泪眼睛，不做点什么，奉献点什么，她都觉得对不起别人。

这南山的女儿啊！

在《我们身边的时代楷模——刘桂珍》一书里，诗人北雁这样歌颂刘桂珍：

我是大山的女儿
守护着大山一座
四十年的药箱从未离开过
为乡亲解疾苦　为百姓祛病魔
任青春在镜中日日消磨
唯有这红十字把我的灵魂闪烁

我是大山的女儿
守护着大山一座

三十年教鞭从未放弃过
披星种桃李　踏月培花朵
为家国育栋梁锲而不舍
亲手把一代代凤凰送出山窝
……

北雁是代县本土诗人，他写的诗歌在字词句上或许还有待提炼和精粹，但他表达的情感真挚不容轻慢。相同的生活场景，没有人比诗人北雁更了解刘桂珍为医生、为教师的艰辛；同一道脉生长出来的人，诗人北雁更能体会“四十年”和“三十年”叠加在一起的分量。刘桂珍本人，是个会“逃”的人，她把所有得过的荣誉和荣誉证书都锁在柜子里，从不放在明眼处。她说：“我不先进。我的事很平淡。谁都能做到。”诗人北雁，就把她很平淡的、不先进的、谁都能做到的事，写成诗。诗也是很平淡、不先进、谁都能做到。

能从很平淡、不先进、谁都能做到中写出诗行，刘桂珍和北雁，都是天然诗人。读到的人，你是吗？

一个好消息传回学校，去年小学毕业的李喆喆升入初中后，成绩在全班三十八名同学中排名第一。还有一个惊喜前面已经提过，就是刘桂珍的学生中，有一个考上中央财经大学。刘桂珍的成就感不仅于此，走在村里，二三十岁的年轻人差不多都是她教过的学生。

代县作家协会主席李九龙也是一位诗人，有感于刘桂珍事迹，他写下《墨香》诗一首，给优秀共产党员刘桂珍。

那管笔
散发着你的体温
黎明醒来就会挑染出白发鬓鬓
像纸的白搀扶着字的黑
写出行云流水
写不出酷暑严寒

那管笔 陪伴你三十年了
在村里写过 aoe
写过 123

写过莜麦土豆
写过脱贫方案
写过行医处方
写过每家的春联
写过抗击山洪的困倦
写过栽种经济林的喜悦
写过四季轮回浓浓的乡情
但没写过身兼数职的艰辛
没写过逝去的青春 平淡的爱情
所有遗憾
统统交给一名叫时间的老人

今夜
握着笔的体温
你继续书写灵魂
书写纯净
书写一个共产党员的赤诚
书写一个奉献者的无悔人生

我们分明看见
一滴墨香落下
浸洇出一个大写的
人

显然，李九龙是一个饱含热情的诗人。他把刘桂珍比喻成一管笔，那是比春蚕、红烛、大山的女儿等更形象、更拔高的认识。一管笔，写艰辛也写光辉，写自己的人生也写最初的启蒙——aoe 和 123。这管笔，带着体温，也带着灵魂。

只有诗人才这么任性，把自己的人生与大山绑在一起。只有诗人，才会长出柔软心肠以及爱流泪的眼。只有诗人，才会从不计算自己的得失，只为做一些力所能及的“小事”。刘桂珍是管笔，饱蘸墨汁，在南山脚下书写她个人的诗行。刘桂珍说“教书很累”，但每到放学，临别时，听到学生们一声声嘱咐“老师你慢些儿走——”就热泪盈眶，就心里暖，就由老师一下变成诗人了，浑身的累和乏全没了。不乏了也不累了，看到的全是学生们乖巧懂事，和不屈不挠的求知求学渴望。这是刘桂珍独有的诗意。

刘桂珍说，“时间一长，渐渐地爱上教书这一行。”她倒不说，她有过机会外出进修医生，以进一步提高专业医卫技能，全是因为“代课”耽误了。刘桂珍一直坚守着三尺讲台，从段家湾到王家会这一段路，她日复一日走下来。

父亲刘白小似乎早就算准了刘桂珍会爱上这一行，就像逼着她学医生一样，也是算准了的，他知道她但凡不答应，只要答应了的，就一定会爱上，就一定能干好。

明朝末年，代县出过一个名臣叫孙传庭。他二十七岁中进士，在崇祯九年（1636年）调任陕西巡抚，擒获“闯王”高迎祥，稳定陕西局面。代县人孙传庭曾经写过一首名为《西溪夜泛》（其二）的诗：

向夕芳樽傍水开，最怜知己共衔杯。
诗成警处难为和，饮到酣时不用催。
池上凉风交翠竹，亭前新月照高槐。
吾生此地应闲懒，漫讶明时有弃材。

孙传庭在明月之下感慨知己甚少，曲高和寡，写成诗行无人为和，池水升起阵阵凉风，拂过翠绿的竹叶，有声但难得回应；亭子一角挑起孤月，高高挂在槐树上，有色，但看到的人未必能懂。人生天地，荒芜和广漠是常态，身边有一个能算准自己的人，很不容易。孙传庭没有，就算是一代名臣，也喟叹生在“此地”，只能“闲懒”，是个“弃材”。

刘桂珍写出的诗，没这般荒凉与无助，她顾不上。引用中共忻州市委文件〔2017〕10号《关于向刘桂珍同志学习的决定》中的两句话，最能准确说明刘桂珍的“诗行”立意在哪里。一句是：“（她）不图名、不图利，舍小家，为大家，把全部精力和热情都奉献给了山村群众。”另一句是：“为了群众的健康，她坚持奔走在邻里乡村，为群众看病而不觉辛苦；为了山村孩子的未来，她顶骄阳、迎雪霜，风雨无阻，常年奔波在自家与学校的山间小道上。”

能感受到南山有多美的，必须是诗人。元好问，宋金对峙时期北方文学的主要代表、文坛盟主，是金元之际在文学上承前启后的桥梁，被尊称为“北方文雄”“一代文宗”。元好问是山西忻县人，即今天的山西忻州人，曾数游代县，写出过《雁丘词》：

问人间，情是何物，直教生死相许？大南地北双飞客，老翅几回寒暑？欢乐趣，离别苦，是中更有痴儿女。君应有语：渺万里层云，千山暮雪，只影向谁去？

也在代县南山，写出过《代州门外南楼二首》（其二）：

汀树微茫岸草青，滹河四月水泠泠。
凤山可是生来巧，堪与南楼作卧屏。

诗中所写正是代县景色，“凤山”即是“凤凰山”，也就是南山。以诗人视角，元好问登上代县城楼，放眼看去，整座凤凰山都是南楼的画屏。同样诗人视角，刘桂珍是把自己放置在凤凰山中，用自身的光彩点亮画屏。果然是“生来巧”。

体重八十斤

时间很快来到1996年，刘桂珍迎来了她另一个重要的人生节点。

这一年，段家湾村“两委”换届，谁接班又成了难题。当时的情况是，村里人不是外出打工不愿意接，就是不识字接不了。七十一岁的老支书、刘桂珍的父亲刘白小，坐在太阳下打着盹儿，谁来接班，他在等“两委”给出的结果。

到此时，段家湾已经是个“背靠大山、土壤贫瘠的小山村，全村六十九户一百一十八人，自然条件非常差，村里基础设施不配套，传统的生产生活方式在这里依稀可见，是全县比较典型的贫困村”。以上这句话，来自《今日雁门》(2017年12月

11 日）记者石俊文的一段采写。

石俊文是代县小有名气的记者，一直奋战在代县新闻第一线，他写的新闻采访稿以及时、冷静、客观著称。在这篇题为《四副担子一肩挑　带领山民拔穷根——记山西代县峪口镇段家湾村党支部书记、村委主任刘桂珍》报道中，石俊文这样描写当时的段家湾，“村里年轻人或因孩子上学，或外出打工不在村里居住，常年在村里的人多数为老弱病残。面对一直以种田为主、收入微薄的段家湾村老百姓，面对村里年轻人因为家庭贫困，讨个老婆都成奢望……”土生土长的石俊文，在新闻报道稿里，写出了他看到的段家湾，也写出了他的忧虑乡愁。

武汉大学社会学院院长、武汉大学中国乡村治理研究中心主任，教授，博士生导师贺雪峰，在《乡村建设的重点是文化建设》一文中写道：“高速城市化就是乡村人口进城，乡村人财物流出乡村，流入城市，乡村空心、空壳化而变得萧条……（这）也许是历史上第一次真正将过去相对封闭的村庄边界打破，保持了千年稳定的村庄秩序以及农民的价值观发生了改变……”

不是段家湾留不住人，是横亘在城乡之间的一条“边界”

被打破了，农村人都奔赴向往的生活。这对农民本身来说是好事，毕竟种地的收入远远不能与打工收入相比较，“正是在没有减少农业收入的情况下，农民家庭青壮年劳动力进城务工获得的收入，构成了农民家庭收入的持续增长。”

事实上，青壮年外出还不只是实现经济上的宽裕，更深层的意义还在于拓宽人生空间和增加人生阅历。

有着乡村医生和乡村教师身份的刘桂珍留在了段家湾，尽管她曾经那么想走出大山，那么向往大学和城市。后来，不论是媒体还是老百姓口口相传，都把“留下来”说成是“守护”。“奔赴理想”四个字，自带光环，可谁能在一飞冲天的时候还能背负着老人和孩子？还能背负农田和家园？想要飞，就得把这些都砍下。砍下了，谁守护？

令刘桂珍想不到的是，在换届选举中，她得票最多。回忆当年，刘桂珍说：“当年大家希望我当村支书，我就说我手里现在事还挺多，我就不当了吧。没想到大家都极力劝说我，‘我们是叫你给我们大家领头服务了，不是叫你当官。’”

从刘桂珍内心来说，也没把村支书当成是一个“官衔”。父亲刘白小当了那么多年村支书，奉献出去的多，从不谋私，这是刘桂珍从小就看在眼里的。更何况，现在的段家湾是一个“全县比较典型的贫困村 ”，只剩下“老弱病残”的小山村，哪里有什么“官”啊。

不但不是官，村支书的职责还很繁重，要负责全村工作，贯彻执行党的路线方针政策和上级党组织及本村党员大会的决议；要讨论本村经济和社会发展中的重大问题；要领导制定本村经济、社会发展规划，组织、动员各方面力量保证规划实施；要管理集体资产，协调利益关系，组织生活服务和集体资源开发，以壮大村集体经济实力；要搞好党支部自身建设，对党员进行教育、管理和监督，做好发展党员工作；要搞好本村的社会治安；要负责村组干部的教育管理监督……

是一边给乡亲们看病一边给学生们上课赢得的信任吧，刘桂珍全票当选，成了段家湾的村党支部书记。太阳下打盹的父亲刘白小等到结果，也就把担子放心地交给了刘桂珍。

2003 年，刘桂珍又接任村主任。

从赤脚医生到代课老师，刘桂珍是在父亲“你不干谁干”的严肃目光下，在家风家教和耳濡目染中接受了自己的身份。而从入党，到全票当选村支书，再到村主任，表面看起来，她

刘桂珍在村委会办公室填写材料

是乡亲们“唯一”的选择，是“你不干，谁干？”可深层的原因，还是刘桂珍对自己有了定位，这定位是父亲嘉许的目光，是多年前伯父走在回村的路上给她讲过的红色历史，是她在党旗下的宣誓，是她对自己有过的期待。

村主任的职责很不轻松。要带领村委会一班人规定实行村民自治；要主持村民委员会全部工作；要解决村民生产中遇到的困难，帮贫扶困，带动村民发展经济，共同富裕；要督促村委会成员完成各项任务；要认真贯彻执行党的路线、方针和政策；要配合乡政府开展好各项工作。

到此时，刘桂珍正式开始了一肩挑四担的工作，她的人生也进入成熟期，是积累之成熟，是笃定之成熟，是抉择之成熟，是思虑之成熟。做医生以来，她熟练掌握了打针、输液、理疗等基本技能。随后，又跟随第四军医大学驻代某部卫生所所长曹建峰专修两年针灸科目，完成了相对系统和专业的医护医技培训。在之后的医诊实践中，她成为以段家湾为中心兼顾周边王家会村、偏桥村、陆高村、岗上村、舜王寺村、埠歌坪村、武强村、讲堂村等方圆十里的“名医”，直接服务乡村上千人。不但不收乡亲们的出诊费、注射费，一分不挣按进价卖药，免困难乡亲们的药费，刘桂珍还总是想方设法把党的好政策及时传递给乡亲们。为推广新农合，刘桂珍先后为村民垫付医保费用数千元，使新农合在段家湾的推广率达到百分之九十以上。

自 1988 年代课以来，三尺讲台成了刘桂珍坚守的一块阵地，她没有一丝倦怠，没有一点马虎，也从未敷衍了事。为不耽误学生，她把给乡亲们看病的时间放在早晚，放在课余时间和假期。为不耽误学生上课，在修建学校期间，她把家当成教室，还经常留学生在家中吃饭。学校合并到王家会后，她又开始每天骑自行车往返。虽说与王家会邻村，但是山路，出门就是坡，自行车不能骑，上坡时只能推着走，一程下来得歇四歇。

医有医德，师有师尊，党有党性，这是入党以后，刘桂珍的新一层人生境界。全票通过当选村支部书记和村主任后，在 2017 年 5 月 17 日接受《忻州日报》记者采访时,刘桂珍说：“(我)是站在历届村支部、村委会肩膀上开展工作的。”相由心生，朴实的语言也是，刘桂珍不善言辞，不善表达，故而说出的话都不经修饰，发自肺腑，宛如璞玉。

《人民日报》2017 年 7 月 3 日在《她的好，百姓看得真》的报道中，写下这样一句话 ：“(她)一肩挑四担，工龄加起来，足够别人干两辈子。”累不累，刘桂珍自己没有说过，不过，一米五三的身高，八十多斤的体重足以说明，“体重越来越轻，担子越挑越重，事无巨细，忙忙碌碌……”《人民日报》这样报道刘桂珍。

南山若有知，南山最懂刘桂珍，当它脚下的村庄农舍逐渐少了青壮年，逐渐少了孩子们的欢笑和身影，当人人都头也不回出走后，这个体重只有八十多斤的小个子女人却在扎根，却在守护、照亮、抚慰。南山用山水赋予刘桂珍品质和情怀，刘桂珍还给南山眷恋和温情。

把重担交给刘桂珍，父亲就放放心心地养老了。和村里其他老人一起，坐在村口晒太阳，说一些古今传奇，笑一回人事荒诞，去地里挖几颗山药蛋，坐在大石头仰头看白云舒卷。段家湾是革命老区，南山是红色根据地，在这里发生过的，那些来自日军的掠夺，那些反抗的枪声，那些激荡的怒吼，被风卷起，有时无影无踪，有时就在耳边。听，风从山的深处来，轰隆隆，里面裹着幽深的气息，里面有来自过去的影像，也有来自未来的召唤，那是只有刘白小自己才能解读出来的况味。四闺女桂珍是个孝顺娃娃呢。

段家湾小学合并到王家会后，村小学腾出的三间房，做了村两委的简易办公室，其中一间留作村卫生室用。村两委简易办公室里，党支部书记刘桂珍正紧紧围绕基层组织建设，严格落实工作法，扎实开展学习教育，规范党支部政治生活……

心肝脾肺肾，你猜

农村人讲实际，看行动，看效果。别看刘桂珍是大家喜爱的四女，当医生她是大家的“名医”，教书她是大家的“刘老师”，千般好，万般好，可当了村支书，大家照样问她要村支书的好。好和好，不一样。乡村社会对人的严格和严厉，没有在乡村生活过的人很难体会到。上任后的刘桂珍如何带领乡亲们脱贫致富、奔小康，需要她具备更长远的眼光和更独特的智慧。

结合实际情况，刘桂珍认为段家湾脱贫致富涵盖五大主要内容，首先是培植、发展育苗产业。眼下村里这个条件，仅靠种地致富肯定是不行，需要另谋出路。路在哪里？颇费思量。

全村就这么几个人，青壮年都在外打工，留在村里的全是老弱。

刘桂珍是学医的，带领乡亲致富，治理段家湾，用的是中医思维。中医讲究阴阳平衡。《黄帝内经》云："阴阳者，天地之道也。万物之纲纪，变化之父母，生杀之本始。神明之府也，治病必求于本"。段家湾的青壮年都走了，这就造成"阴虚"。按照中医五行相生相克的思维，想要把治理工作做好，得先调"肺经"。

调"肺经"，就是把散了的东西聚集起来。

把学校腾出的房子作为村委会简易办公室就是在聚拢。之前，段家湾连这样简易的办公室也没有，想要开会就是在村干部家里。这倒也没什么可怪怨的，村里最好的建筑，一定是孩子们的，村委会成为学校成为教室，是苦谁也不能苦孩子的想法。村小学与王家会小学合并后，村委会这才算有了个正式开会的地方。别小看这个简易的村委会办公室，这是段家湾的"生活共同体"。

紧接着，该调"心经"。段家湾虽然是个迁徙之村，村里多数人家是后来搬迁来的，刘桂珍自己家就是。段家湾也是典型的"乡土中国"，是"人治"，百年融合下，血缘、地缘、姻缘，依然是凝聚段家湾的主要因素。这就说到搬迁。搬迁是很早就开始陆陆续续实施的，直到 2017 年，段家湾搬迁被列入县里“十三五”易地搬迁计划。新时代移民，是县乡两级政府引领乡亲们过上新生活的重大举措。搬迁不等于不凝聚，引导乡亲们正确认识搬迁，是刘桂珍下一步的主要工作。

然后是调“肾经”，把生计搞上去。这一层次上，还是要在培植、发展育苗产业上做文章。周边村子里有在太原、内蒙古打工的，好多人承包当地土地种油松苗发了财的。人是本地人，出去就发了财，那说明不是人不行。不但不是人不行，也不是本地的地不行。段家湾守着一条峪河，峪河可以灌溉田地，田地里也完全可以种油松苗，而且气候还更适宜。

继而是调“脾经”，就是脱贫致富涵盖的五大主要内容中的立足长远，兴学重教，提高村民素质，实现教育脱贫。村民的文化素质提高了，就会多一条脱贫之路，就会多一个致富办法。

这一点上，刘桂珍有她自己的办法。比如，她手里总有个数码播放机，每到县里乡里开会，她都把会议内容录下，带回来放给乡亲们听。随着刘桂珍得到的荣誉越来越多，她经常有机会到市里、省里，甚至在北京开会，她就收集会议精神和学习资料，录制成音频，回来给大家播放，有时也录制她自己诵读的党章党规和习近平总书记的系列重要讲话。她带着数码播放机进家入户，“送学习、送精神”，极大地拓宽乡亲们的耳目。针对外出打工的乡亲，她就编发微信，推送有关学习的内容和要求。“至此，党的声音不时在民房农家中传扬。”2017 年 5 月 17 日的《忻州日报》这样报道。刘桂珍深知“脾经”就是全方位大环境。

然后是调“肝经”，实现健康脱贫。三十多年的行医，让刘桂珍深知卫生知识及健康生活推广的重要性，这也是村民脱贫的好出路。调“肝经”是以身体健康促进环境健康、心理健康、行为健康和社会健康。

这五行相辅相成，相生相克，刘桂珍用中医思维为段家湾把脉精准，村民说：“在段家湾，有桂珍在，我们就放心。”

刘桂珍带领乡亲们脱贫致富，辨证施治，下的第一剂“药”，就是在河滩上种油松苗。段家湾的青壮年为什么要走出大山，走出段家湾，是因为土地收入远远不能支撑家庭开支。外出打工，或者说非农业收入，才是农村家庭的主要经济收入。

既然在太原、内蒙古打工的人靠种油松苗发了财，那说明出路还是在土地里。刘桂珍与两委班子商量，说段家湾也可以搞油松苗种植。两委班子一听，有点转不过来，祖祖辈辈都是在土地里种糜子、种谷子、种高粱、种玉米，种油松苗还是第一次听说。结合有人在太原、内蒙古承包土地种树苗发了财的这个事实，问题来了：种树苗是个技术活，谁有那技术？种起来卖给谁？谁会有卖树的关系？

结果是谁也不支持。这一年是2010年。

刘桂珍第一斧就劈不下去，第一剂药就下不到锅里。

夜里睡不着，刘桂珍跟丈夫杨宏生商量："要不，在咱们自己家地里先种？"

杨宏生非常不情愿。当个医生，不但挣不回钱来，还老把自己家的钱往出贴；当个代课老师，忙得连自己的孩子都顾不上，挣个代课老师的钱，还不够补学校、补学生。现在好了，又当了村支书，这是要把家也填进去？不情愿，还不好直截了当说，谁叫自己的妻子只有一米五三的个子，只有八十来斤的体重呢，自己不心疼让谁心疼去？只好劝，说："你给大家看病，大家认；你教书好，大家也认。但你种油松苗，可就是个眼不见底的事。咱庄户人家不怕一万就怕万一。万一不行，赔钱事小，叫人笑话事大。”

睡不着的刘桂珍，眼睛晶晶亮，中医讲究的是“治之无形”，油松苗能不能种，种了能不能卖，卖了能不能挣钱，考验的是她的把脉能力和用药能力。怕赔钱，那就先种三分地的。三分地，赔也赔不到哪里。

说干就干。

最好的三分地全都育了苗。刘桂珍学习和采用的是纸袋育苗法。纸袋育苗是林业科学家鉴于防沙治沙造林地区立地条件差，常规造林模式很难保证存活率，而科学应用容器育苗的一种方法。

纸袋育苗是等小苗出芽后再栽到地里，随栽随拔。栽之前要将芽苗先放在清水里，用牙签在营养袋上打孔，仔细把芽苗放入小孔内，再埋进土里，将根部用手轻轻压实。丈夫杨宏生问：“难不难？复杂不复杂？”刘桂珍说：“你猜。”

杨宏生还是不情愿，买芽苗的钱，可是家里压箱底的钱。不情愿归不情愿，丈夫还是和刘桂珍一起种这三分油松苗地了。

油松喜欢肥沃、疏松、土层较深的地块，同时要求排水

刘桂珍和村民一起查看油松苗生长情况

良好，灌溉方便，播种育苗时得选择砂壤土或者壤土，并要求PH值为中性或弱酸性。学习和摸索过后，刘桂珍暗自窃喜，果然段家湾是适合种油松苗的。至于她是如何得到这个结论的，你猜。

种植油松苗没有想象的那么难，但肯定也没有想象的那么容易。油松苗种进地里，三年时间才能长成。三年时间里，刘桂珍把看病、代课、开会挤出的时间全用在地里。结合书本知识，结合“取经”学来的知识，刘桂珍掌握到山地育苗可种在平坦地，也可以种在坡度较小的阴坡地。由于油松苗根部具有根菌，在育苗时可连作，而且连作效果非常好。油松苗可在针叶类、荆棘等地育苗，但不可于玉米地、谷物地里种。最好是在播种前一年秋季对地块进行翻耕，是深度翻耕，翻耕深度最好是三十至五十厘米。

来自书本、别人传授和自己的琢磨得来的知识和技术，无不令刘桂珍兴奋，她预感，这油松苗，她是种成了。

头年种下去，峪河边上三分地里郁郁葱葱，一片墨绿。人家问："四女啊，你那地里种的是啥？""树苗。"刘桂珍大声回答。第二年，刘桂珍总结出，油松苗具有特殊香气，很招虫子、老鼠和小鸟。尤其是老鼠，啃食起小树苗来简直无法无天，防鼠很重要。接着，又发现油松苗由于根系不发达，生长较弱，不耐寒。这就要在越冬前给土壤表层进行一次冬灌。最冷的时候，还可以对幼苗进行埋土，或者用秸秆等覆盖苗床，如能使用塑料薄膜覆盖则效果更好。第二年也是油松苗的生长季，需要每两个月浇水一次。一年施肥两至三次，以早春土壤解冻后、春梢旺长期和秋梢旺长期供肥最好。肥料以磷肥、钾肥为主。

第三年，大家都来刘桂珍家地里看油松苗。这家伙，长得还挺好看，油绿油绿的，齐刷刷。"这油松苗好种不好种？"

有人问刘桂珍。刘桂珍说：“好种。”这三年走了多少弯路，刘桂珍没说。走过的弯路都是经验，有经验了，以后就少走或不走。

苗子长够三年了，可以卖了。

卖得还挺快。

苗子让客户拉走了。

丈夫杨宏生问：“卖下多少钱？”

“你猜。”刘桂珍眼睛晶晶亮，偏不说。

呀，就不说这三年的辛苦吧，那买树苗的钱可是压箱底的钱。杨宏生着急如火上房，“到底卖下多少钱啊？”

“七万五。”

啥？三分地，七万五？还是河滩地。杨宏生惊了。

同时惊了的还有乡亲们。趁着乡亲们的这份热情，刘桂珍赶紧挨家挨户落实育苗面积，调购育苗种子、肥料……

眼见着，自己的中医思维开始起作用了，第一斧劈响了，第一剂药起作用了，刘桂珍笑了。

二两棉花

刘桂珍“很是惶恐”。《掷地有声——从山西看中国脱贫攻坚》一书是这样描写段家湾党支部书记刘桂珍的。“选上了村支书，刘桂珍很惶恐，哪里有女人做支书的？父亲做了一辈子村支书，男人说话，吐沫唾在地上能砸个坑，男人的肩膀就是最高的天，一个女人能挑起来吗？”不得不说，这一句像是刘桂珍的自问，也像是选举结果出来后广大群众对刘桂珍的提问，或许，也有作者的疑问成分在里面。

《掷地有声——从山西看中国脱贫攻坚》是作家鲁顺民、杨遥、陈克海三位作家受中共山西省委宣传部、山西扶贫开发办公室、山西省作家协会及山西出版传媒集团委托，写就的一部全面反映党的十八大之后山西省新一轮脱贫攻坚的报告文学。

为写成这本书，三位作家的写作过程是一次“结结实实的行走”，他们背起行囊，上吕梁、入太行，光是采访就用时六个月。他们行程数千里，用脚步丈量贫困与脱贫、脱贫与小康之间的距离，用眼观察，用心倾听，带着忧乐感受，带着思考寻访。三位作家认为，“中国的脱贫攻坚，在国际返贫困格局中举世瞩目，其意义不局限在山西一省。而山西省贫困面积之大，贫困人口之多，脱贫面临的问题与挑战之严峻，亦备受全国关注。”

为完成《掷地有声》，三位作家深入全省一百一十九个县，三十六个国定贫困县，二十二个省定贫闲县，其中还有十个深度贫困县调研采访，内容涉及精准识别、易地搬迁、产业扶贫、金融扶贫、健康扶贫、教育扶贫、生态扶贫、整村提升，还有驻村帮扶，考核稽查……三位作家用贯穿始终的热情和感同身受的艰难与荣光，最终写出这部反映全省的脱贫攻坚，全景式反映扶贫成果，呈现历史进程，记录当下生活图景的《掷地有声》。在第二章“最前线”中， 作家以《大山的女儿》为题，生动记录刘桂珍的一段生命历程。

在《大山的女儿》里，一个年轻女人推门进来，穿一件大红色羽绒服，径直走向刘桂珍，喊一声“二嫂”。女人对作家说：“我二嫂那个好，没那么个好，阖代县也再找不下这么个好人。”

怎么个好法呢？年轻女人说：“村里那个谁谁谁，得了脑梗，贵贱不进城里去看病，就叫我二嫂去家里给他按摩、扎针。老人的儿女们都在城里，各忙各的，也顾不上照顾老人。每次回来看老人，就给我二嫂提点东西，牛奶啦，饼干啦。我二嫂就给人家说，快给老人拿回去哇，我可不要。”叽叽呱呱说着话的年轻女人，表情生动，声音薄脆，连说带比画。

代县是历史文化名城，境内有雁门关、杨家祠堂、广武古城、明长城、武庙、文庙，是边寨文化的集中体现之地。代县自古多军户，男人女人都果决刚烈，女人尤甚，直爽开朗，有话直说，骂人不拐弯，夸人不掩饰，肚里盛不下二两棉花。年轻女人是典型代县人，学着刘桂珍说话，声情并茂。又学着那家儿女说话，“我们做儿女的也没有这么孝顺，全凭桂珍姐呢。”学着学着，倒把自己给感动了，眼圈一红，声音哽咽，一把抱住二嫂刘桂珍。刘桂珍从没被人这样抱过，站在那里不知道该咋办。

年轻女人是段家湾村种油松苗的主力军，与别人合租三十多亩地，把小苗移栽进去卖成苗。近几年，在刘桂珍的带领下，段家湾成了县里有名的苗木育种基地，全村树苗育种面积有八十多亩。段家湾村民靠油松育苗没少挣下钱，有的户收入达到几十万，好多人家在县城买了房。说到这里，年轻女人破涕为笑，说："还不是因为当年听了二嫂的话。"

当年，刘桂珍的油松苗卖下好价钱的消息很快就传遍全村，再没人怀疑种油松苗可以赚钱了。村民邓润财的积极性也很高，隔三岔五往刘桂珍家里跑，询问一些有关油松苗的种植技术以及市场前景，但就是不见行动。擅长把脉的刘桂珍很快找到邓润财的"症候"，他是想种，却没有本钱买树苗。

后来，邓润财如愿以偿种上了油松苗。

再后来，全村有十九户搞起育苗，种植面积达到八十亩。村民杨锁文一户就种了六亩，成了村里的育苗大户，育苗收入达到近三十万元。

在《掷地有声》里，刘桂珍带着作家从家里出来，走在村里。作家眼里的段家湾，秃山荒岭，残雪未消，但在刘桂珍眼里，却是父天母地，一片厚土。刘桂珍整齐的短发下露出一丝丝白发，眼角皱纹很多，唯独脊背挺得直直的。看着河川里的田地，刘桂珍不无忧虑，她说："现在苗木市场竞争特别厉害，几年就饱和了。下一步还得思谋怎么转型。"这个瘦弱的小个子女人，让作家看到了令人敬重的东西，再没有了疑问。

种树育苗之外，刘桂珍还带领村里老少利用农闲上山刨草药，这样一年下来，也能多收入个三五千。三五千不多，意义挺大，就是想要村里人动起来，但凡动就能来钱。

随着县里矿山企业的发展，刘桂珍和县劳动局就业部门咨询联系，推荐村里人到矿上打工挣钱，在矿上开个挖掘机、装载机，都是创收。

四十五岁的曹青梅，孩子在县城上学，也没个收入来源，刘桂珍看在眼里默默替她着急，跑到县城环保部门，给她寻下个打扫卫生的营生，每月有一千四百元的收入，活儿不累，既能养家，又能照顾孩子。

村里吃水历来是肩挑人抬，家里没了青壮年，老人孩子吃水就有困难。刘桂珍就往乡里、县里跑。跑过几轮后，争取回一些资金，为乡亲们解决了吃水问题。《三晋都市报》2017年11月8日文章《我们身边的好党员·再访刘桂珍》这样描述：

> 塑料管拉回来了，技术工人也进了村，1000多米的管道铺到家门口，沿路边安了5个水龙头，村民们再不用过河翻沟挑水吃了。与此同时，近千米的U形管浇地渠也在铺设当中。

当时采访的记者还在村子转了一圈，发现段家湾的变化还不止这些，“村里的路，……铺设了石板。再远处，还用水泥砌成一个垃圾池。”

乡亲们的收入和生活水平在提高；乡里县里很重视段家湾的实际困难，刘桂珍提出的一些问题总能得到及时解决；一批批务实的精准扶贫第一书记扑下乡村；2017年，五十四岁的刘桂珍一下得了四个国家荣誉，“全国卫生计生系统劳动模范”“全国农业劳动模范”“全国脱贫攻坚模范”和在医药卫生界生命英雄推选活动中被推荐为“生命英雄基层之星”。这些都在说明国家对乡村建设的重视，预示着乡村或许才是最有前途、最适宜大做文章的风水宝地。刘桂珍越来越有信心，越来越有干劲，也越来越坚定了决心。

刘桂珍有几个初步设想：一是积极发展产业项目，让村民尽快富起来。具体做法是在继续发展育苗的基础上，在山坡林地上发展猪岺等中药材种植。多年行医经验，刘桂珍对中药材市场有所理解，猪苓是多孔菌，性甘味淡，归肾经、膀胱经。主要有利尿、增强免疫功能、抗肿瘤、抗肝损伤和抗菌作用。这种药材有一定的市场，最主要是猪苓对栽培技术要求低，一年四季都能栽培，适合生长在海拔五百至一千五百米斜坡山区，喜欢半阴半坡的野山林，段家湾的立地环境恰好都符合猪苓生长条件。为使这两个产业能够持续带动乡亲们增收致富，刘桂珍还计划成立畜牧养殖和中药材种植专业合作社。另外，刘桂珍和村两委还设想，依托政府的支持和周边企业的带动，发展乡村旅游，比如可以利用峪河水地势，开发漂流项目。还可以搞矿泉水开发，进一步拓宽老百姓的增收渠道。

二是改善基础设施条件，让家乡尽快美起来。近几年段家湾虽然变化不小，但差距还是明显，刘桂珍的计划是，充分利用国家实施脱贫攻坚下乡村环境整治的大好政策，争取资金，加强村里基础设施建设，让自来水进家，彻底解决段家湾吃水问题。

在脱贫攻坚过程中，政策扶持力度、国家投入巨大，扶贫干部付出的辛苦与智慧也很多，在出席山西省十三届人大第一次会议时，刘桂珍作为人大代表，她表示，自己最关注的是精准扶贫，希望在这次会议上，大家集思广益，不断拓宽增收渠道，帮更多贫困户脱贫，尽早打赢这场脱贫攻坚战。

刘桂珍执行政策，解构政策，把脉乡亲们的不同诉求，考虑乡亲们的切身利益，她的工作能力经受住了考验。

风游峪水

“十九大提出乡村振兴战略，是习近平总书记新时代治国方略的重要内容。乡村振兴不仅仅是乡村的事，而是关系中华民族命运与未来发展走向的大战略。乡村兴则中国兴。”这是国家行政学院生态文明研究中心主任张孝德，在《乡村遇工业文明衰，逢生态文明兴》的一篇文章中提到的。

绿水青山就是金山银山。生态问题是最大的问题，尊重自然保护自然，是一切发展的前提。刘桂珍在思虑段家湾向前发展、增收增富的同时，也担忧着段家湾的自然生态问题。在快速发展经济过程中，南山也在遭受环境危机，穿过村里的公路越来越宽，跑在上面的汽车越来越多，空气质量差了。树木和草在减少，暴雨冰雹和风灾反而多了，泥石流和洪水时有发生。水火无情，南山脚下的人对南山的敬畏与生俱来，受南山恩惠的同时，其实也是一部与南山各种自然灾害作斗争的血泪史。这是一根一直紧绷着的弦。

刘桂珍认为，段家湾亟须解决的问题是提高抵御自然灾害、防灾减灾能力。

有必要用一个章节来专门写一写峪河，这条流经段家湾的潺潺小河，其实是一条性格多变的河。的确，在段家湾的这一段峪河，前面所有章节里描绘的，都是它温驯美好的一面。在晨光里，它升起薄薄一层水雾，曲折蜿蜒，入诗入画；到了傍晚，夕阳斜照，峪河水波光粼粼，宛如金色梦想。初到段家湾的人，十有八九是先爱上这条门前的小河。但峪河水暴虐的一面，可就没这么温情脉脉了。

既然暴虐，那就着重介绍一下。峪河，别名凤游峪水，属常年河。发源于滩上镇上阳花庄以西的娘娘垴，有五条沟汇流。北岸沟、南岸沟、马桥沟三条沟汇合于滩上村，流经高凡村又有八塔沟注入。合流后在段家湾又有武强沟汇入。五沟合流的峪河，流经滩上镇、峪口镇，到峪口镇贾村注入滹沱河。

段家湾村的峪河水

峪河流长近 40 千米，流域面积 354 平方千米，河道比降 18.7‰。常年清水流量为 0.4 立方米 / 秒。平水期，水宽 5 米，流速 0.8 米 / 秒；洪水期，水宽 60 米，流速 2.5 米 / 秒。结冰期 3 个月左右。20 年一遇洪峰流量 393 立方米 / 秒，50 年一遇洪峰流量 542 立方米 / 秒。

从中看到了什么？温驯的时候，峪河叫“凤游”，凤凰一般把绚丽的翅膀和尾巴张开。这显然是上帝视角，从高空俯瞰，五沟汇流，造就峪河翩翩之姿。水流潺潺，那是凤凰展翅欲飞或是正在升空，此时河不叫河，叫“水”。上善若水，水利万物而不争；水朴素，清澈，化而为雨、为露、为霜、为雪、为云雾、为溪瀑潭泉、为江河湖海，泽被苍生，滋润万物。

可再看看洪水期时的峪河。水面一下由平水期的 5 米宽变成 60 米宽，流速也由原来的 0.8 米 / 秒变成 2.5 米 / 秒，而在 50 年一遇的洪峰期，峪河的流量是 542 立方米 / 秒。凤凰突然变猛虎。水火无情，说的就是这个。

段家湾依山而建，每到雨季，就是峪河“变脸”的时候。水火无情，在于很难摸准它的脾性，白天还好好的，夜晚一场大雨，峪河就可能是猛虎出笼。

2010 年夏天一个晚上，积压多时的厚重乌云骤然开裂，一道闪电划破长空，照亮夜幕下原本宁静的段家湾。紧接着就是一声爆雷，倾盆大雨随之倾覆。雨越下越大，还夹杂着冰雹，刘桂珍叫声“不好”，赶忙披衣冲进雨夜。

长期的生产生活经验，使得住在南山脚下的人对自然规律有一定掌握，这种大雨覆盖必然导致上游河水暴涨，引发山洪。峪河暴涨山洪突发并不少见，有记载的山洪就有多次。据光绪《代州志》（卷二十）记载，“乾隆四十一年（1776 年），峪河水涨，沙窊村房舍土地多被冲毁。”这里记载的沙窊村，距离段家湾不过 8.6 千米。同时还记载了“光绪四年(1878 年)六月，天雨雹，七日水，峪河暴涨，毁民庐舍。”1947 年 7 月 29 日，马桥、峪口等村，连续遭受雹灾，减产过半。

这些都是记录南山脚下洪水的暴虐。从代县的整个地形地貌来看，北部是恒山隆起，南部为五台山隆起，中部为滹沱河断陷盆地。全县呈长方形轮廓，南北长六十千米，东西宽三十九千米。受恒山和五台山山脉走向控制，地势由东北向西南倾斜。代县境内最高峰叫黑圪旦尖，也叫将军岭。海拔两千五百四十八米，东西长七千米，南北宽五千米。所谓南山，当然也包括能抬眼看到的黑疙旦尖,当然,也叫将军岭。这和“凤游”是一个意思，风和日丽的时候，最高山如将军一般威风凛凛，有了灾害的时候就是恶劣的黑疙旦尖，仇恨又黑又尖，浓到化不开。独特的地理，是代县多发旱涝灾害的根源。

代县旱灾多，春旱一般两至三年一遇；夏旱五年一遇，夏旱多发伏旱，俗称“卡脖子旱”；秋旱三至四年一遇。旱灾多，遭遇洪水灾一定多。仅有记录的特大洪水灾害就有三十多次，“1956 年全县 19 个乡遭受旱、洪、涝等灾害，受灾面积

28836亩，受灾人口6719人，损失粮食165万斤，倒塌房屋1063间，损坏房窑2053间，死大牲畜42头，猪、羊123只（头），冲毁大小水利工程6处。”“1961年，先旱后涝，雹成灾，受灾面积达432800亩，其中水灾面积12万亩，粮食减产690万斤。”（资料来自1988年版《代县志》）

记载下来的旱涝灾害触目惊心，那一夜叫声“不好”的刘桂珍在雨中观察汛情。雨越下越大，大水不受拘束，顺着地势猛烈冲刷下来。潺潺小河成了虎扑，咆哮怒吼着不断张大。冒着暴雨，刘桂珍挨家挨户走访排查，组织群众和住在危险地势的老人、孩子撤到安全地带。

雨不是下，是从天上往下倒。一道闪电下，天地贯彻，刘桂珍的身影在闪电下通体光亮，成了这雨夜中的定海神针。后来，只要有记者采访，乡亲总说一句话“有桂珍在，我们就放心”，这放心里，应该也包括雨夜里刘桂珍在闪电下的通体光亮。

眼看着乡亲们都安全了，刘桂珍可算松了口气。这时有人提醒，“你孩子呢？”一句话把刘桂珍吓得浑身激灵，是啊，孩子呢？父亲呢？自己的家呢？刘桂珍也把自己跑成一只下山虎，跑回家一看，十二岁的二女儿和年迈的父亲蜷缩在衣柜顶上。家里进了洪水，洪水已经漫过膝盖，如果回来再迟一些，可能……又是一道通天彻地的闪电，骤然而至的光亮下，刘桂珍浑身湿透，雨水、泪水、汗水，在闪电下飞溅，颗颗水珠圆润饱满，映射着闪电，斑斓五彩，如同一只凤凰张开翅膀，飞翔在南山暴雨与山洪齐发的夜中。一声巨雷,轰隆隆穿透南山。

南山五沟，汇集峪河，峪河在今夜暴涨。洪水哗啦啦带着响，过境段家湾。

逐渐地,暴雨转成中雨,冰雹也止住了。中雨又转成小雨,电闪雷鸣也止息了。水位退下去后，家里一片狼藉，满地都是淤泥，去年刚刚粉刷过的白墙变成褐色。褐色有多高，就说明水位当时在这个家里有多高，那是洪水给家打下的印记。

刘桂珍爱她的家，她的家和她的亲人都不能受到洪水伤害，不能。看看丈夫，这个始终护着她的男人，和她一起守汛期，一起排查别人家安危，一起在暴雨中撤离老人和小孩，此时，在疲惫地看着她。

家里遭了灾，刘桂珍把二女儿安排在诊疗室床上，自己和丈夫打地铺，直直睡了五十多天。

此后，只要是下雨，刘桂珍晚上就不敢睡，就打着雨伞在村前公路上察看汛情，生怕有什么意外。“夜深的时候，真的很冷，也很害怕。”每次说起，刘桂珍都心有余悸。说起也只是说起，并不是为表功，只是想说：“我做不了啥，但可以站岗放哨。”

峪口镇的一位乡镇干部在做题为《无私奉献 为民情怀》报告时，说了一段话：

> 那一年，她的体重从88斤减到78斤，村民们关心她的健康，让她到县里查查，刘桂珍摇摇头说没事。她知道她是累的，但为了村民的安全，她必须得这样做。
>
> 刘桂珍没有豪言壮语，但她心里时刻装着百姓，装着段家湾每一个村民的冷暖安危。

你看你这个人

段家湾村地质灾害严重，2017年被列入县里“十三五”易地扶贫搬迁计划，2017年下半年动议，10月份就完成了四十六户房屋拆除和土地复垦。村民们在没有确定补偿款多少的情况下，就签了房屋拆除协议，村里大部分人都搬到城里了，其中刘桂珍做了大量工作，大家都信任刘桂珍。

其实，早在2012年段家湾就实施过一次移民搬迁，那时，愿意搬的乡亲们不多。

除了不可预知的灾害，段家湾的山是青的，天是蓝的，庄稼地是绿的，水是透明的，风从深山中来，云打上空中过。南山还在滋养人，段家湾还在南山怀抱中，依偎在祖辈生存之地，人是有根脉的。

穷则思变，变则通。不管有没有政府搬迁，往出走总归是段家湾人的趋势。刘桂珍从小有个大学梦，梦的本质是想往出走。当年，父亲刘白小又何尝不想像刘桂珍的大爷刘尚发那样去参军，去打仗，跟着部队去远方，实在是因为刘桂珍的奶奶想身边留人照顾，不让走，这才没走成。这是不是父亲刘白小的遗憾，父亲没说过，刘桂珍也没问过。刘桂珍也不需要问，每个人降生都带着使命，或是向着远方，或是守住本初。这两者没有高下之分，只有对使命的忠诚与坚定程度。如果让父亲再选一次，父亲一定还是选留在段家湾，守住老母亲，守住妻子儿女，守住段家湾的寸土寸田。因为值得。不然，父亲不会在刘桂珍面对重大人生选择时，说出“你不干谁干”的话来。

然而刘桂珍却是第一个拿出钱来在县城买搬迁房的人。脱贫致富，搬迁本身就是办法之一，人挪活，这是千古以来颠扑不破的道理。段家湾村的杨姓和郭姓，以及由河北阜平来的刘姓，都是为躲避灾难搬迁而来的。

水往低处流，人往高处走，道理都懂，但人是有感情的，经过几代人繁衍的小山村，也不是说搬走就能搬走的，亲不亲故乡人，热不热家乡土，血和骨头连着筋。还有就是，搬到城里住，吃什么？喝什么？怎么活？钱从哪里来？村里没钱，还好说一些，地里刨一些，山上捡一些，土里挖一些，水里捞一些，怎么也能糊住肚。到了城里就不一样了，一个干石头城，连吃一把芫荽都得拿钱换。

有什么样的想法都对，都是根据个人实际情况出发的。

"桂珍，你走不走？"

刘桂珍回答："走！"

"我知道大家都在看我，只要我一搬，大家就会跟着搬。"刘桂珍笑着说。虽然处处要说法，处处有困难，话又说回来，走出去肯定比留下来强，这也是大家心知肚明的。

一咬牙，刘桂珍拿出省吃俭用的八万元，又东拼西凑借来四万，在县城移民小区买了一套楼房。楼房买下来了，最高兴的还是两个女儿，终于能离开大山了，终于能在城里上学了。看着两个高兴的女儿，刘桂珍这才意识到，买楼房不是为了女儿，只是为了起到带头作用。这让刘桂珍起了对女儿的愧疚之心。再看看丈夫杨宏生，什么时候开始已经两鬓斑白了。这些年，刘桂珍无论做什么事，和杨宏生商量的时候少，自己做决定的时候多，比如这次买楼，也没怎么商量，她说买就买了。愧疚让刘桂珍眼泪汪汪。买楼房这么高兴的一件事，刘桂珍反倒流下泪来，这叫丈夫和女儿都不知所措，自己又哪里不对了？又在哪里给刘桂珍添麻烦了？一米五三的个子，瘦到八十斤，忙到脚后跟打后脑勺，心疼还心疼不过来呢，怎舍得让她流泪让她哭？两个女儿和丈夫，都来安慰刘桂珍，把世界上的好话都说给刘桂珍了，没想到，说得越是多，刘桂珍倒越是泪多。“你看看你这个人，见不得好了还。就得让你忙上、累上，你才高兴。”杨宏生责备着说。

段家湾移民搬迁，涉及六个自然村，七十九户村民，要一户一户照相、登记。具体琐碎的工作随之而来，刘桂珍果然又忙上、累上了。

刘桂珍在城里买房了，乡亲也就跟着买了。乡亲们认得一个理：跟着刘桂珍走，不会错。

经过两次搬迁，到 2017 年段家湾剩下十来户，都是老大难，不是搬不起，就是不想搬。搬走了的家庭个个都一样，搬不走的各是各的样儿。武强村的老陈，六十来岁了，搬到半中间不搬了，说是四年前的补贴和现在不一样，他要领个“平均

秋日暖阳下的段家湾村

数”。和他同村的贵虎，则是因为养了三百多只羊，担心人走了羊没个打下处（没法处理）。

乡亲们的事就是这样，话好说，具体做的时候各种各样的困难，用层出不穷来形容，一点不为过，要不怎么说是琐碎呢。刘桂珍只能反复做工作，反复说，嗓子都哑了，张开嘴就能冒出烟来。

连续二十多天没有下雨了，是常见的“卡脖子旱”，地里的红芸豆、谷子、山药，特别是油松、桧柏都急需要灌溉。王家会的学校里还有学生，该按时上的课一节不能少。不搬的人，就是不搬。

还好，学校有校长李建东在。校长李建东是王家会本村人，与刘桂珍共事八年，十分体谅刘桂珍的忙碌。这几年也多亏校长李建东，总是早早到学校，打扫干净教室，烧好开水，合理安排课程，这才把刘桂珍“顶出来”，能让她在不耽误教学的情况下，还不耽误村里的工作。李建东说：“（刘桂珍）人品好，好相处。”

被“顶出来”的刘桂珍，把搬迁政策掰开了揉碎了，再用乡亲们能听懂的话说出来。为什么要搬呢？国家对移民搬迁对象分以下几种情况：一是受地质灾害、洪涝灾害或其他自然灾害严重的村、户；二是距离行政中心较远，基础设施、服务设施落后，发展条件差，基础设施配套困难，无发展潜力的村、户；三是人口规模小，经济收入来源少的村、户；四是距乡、村公路五公里以上的偏远山区，交通不便的村、户；五是位于自然保护区、风景名胜区、文物保护区和生态敏感区范围内，影响区内环境的村、户；六是已规划或即将建设的水库库区范围内的村、户。对应一下国家政策，你说该不该搬？

政策讲通了，有助于村民做出搬还是不搬的决定；政策讲透了，有助村民权衡利弊。对于移民搬迁安置，国家提供很多政策支撑，比如搬迁补偿，比如户口问题，宅基地处置问题。刘桂珍掰着手指，一项一项解说，一项一项答疑。主意还是自己拿，但政策要给乡亲们讲清楚，利弊也要说明白。

从山西整个脱贫攻坚战来看，易地移民搬迁是诸多精准扶贫政策里最浩大的一项工程。中国有十四个集中连片贫困地区，华北有吕梁山、燕山——太行山两大集中连片贫困区，大部分在山西，涉及全省一百一十七个县区中的五十八个，其中十个为深度贫困县。集中、连片，小而散，是这些贫困村的显著特点。从 20 世纪 90 年代开始经过几次扶贫移民搬迁，再加上城镇化脚步加快，这种情况大为减少。新一轮精准扶贫开始，易地搬迁作为脱贫攻坚的重要举措，山西省共搬迁四十七万人前往城镇各地集中安置点，其力度之大，前所未有。段家湾和山西其他贫困村一样，在生存需要中建立，又在生产生活中壮大，现在又需求搬迁。移民搬迁是举措，也是村民们奏响的悲喜交加。贫穷是很久以来的包袱，因为穷，太多人经历着磨难和屈辱。与贫穷抗争，一直是无法回避的难题。“存在于各地的贫困情景，各有其原因，但大多数都因为山高沟深、偏远封闭、环境恶劣、交通不畅、教育落后、观念陈旧等。”这是中国报告文学学会常务副会长李炳银在一篇题为《扶贫路上伟大的历史足迹》的文章中发出的感慨。“这种锥心刺骨的民瘼，是以‘人民至上，生命至上’为治国理政理念的党和政府最为牵挂的重要内容。”

愿意搬的和不愿意搬的，已经搬走的和没有搬走的，对段家湾的依赖和爱同等重量，段家湾对在村里生活过的每一家、每一户和每一个人也是同等有爱。一个村的兴衰是人在演绎，来了，走了，都是规律，都是为了活得更好。坐在村口的大石头上，刘桂珍和她的乡亲们谈论着，商量着，有时，有一茶缸热水，在口干舌燥的时候能补充一下，更多的时候，没有。有时候，连坐在大石头上也没有，就站着说话。说着说着，邻村两家店的乔玉花打来电话了，说是舌头上的疱疹好了很多，问刘桂珍能不能再过去给她看看。“搬迁的事再商量，再讨论，你先去两家店给人看病去。”乡亲们对刘桂珍说。多么通情达理的乡亲们啊。

刘桂珍自己在城里买楼了，也简单装修了，但一天也没去住过。她要住到城里的楼房里了，村里的病人怎么找她看病、扎针？学生有问题要提问，去哪里找她？村里还有十几户人家没有搬。刘桂珍至今还住在段家湾，“只要有一户村民没搬走，我就走不了，我得给村民看病，带大家种树、种药材。”刘桂珍说。

不能搬的刘桂珍，开始量化。她是一辆自行车，走在弯弯曲曲的山路上，上坡，下坡，出现在哪里，哪里就是需要她的地方。她是一个卫生箱，沉拽拽的，里面的东西都是能解除病痛的。她是一盒粉笔，在黑板上画下彩虹，写下字、词、句、段、篇、章。她是一个播放器，里面录着会议精神、党的政策，她走到哪里，播放器就播放到哪里。她是村党支部书记、村主任，每天一睁眼就有很多事等着处理，上通下达，干旱雨涝，道路水管，生老病死，哪一处不到，就是没有尽心尽力。

城里的楼房，只能再等几年去住了。想一想那个楼房，有卧室，有厨房，有卫生间，太阳照上来的时候，在这个位置摆放几盆花，在那个位置再放个鱼缸，整个房间就活了。过年的时候，该给玻璃窗上贴张大“福”字，用牡丹、莲花、如意、蝙蝠、喜鹊和喜庆的猪羊牛鸡围住，看上去闹哄哄喜洋洋。这个事，怎么想，怎么好。

八头驴

杨宏生有两种形象，说话的和不说话的。

不说话的杨宏生，是跟在刘桂珍身后的杨宏生。

2017 年春节，刘桂珍正在武强村给一个患者输液，突然接到一个电话，说是村里有人上坟烧纸，把坟地周围一片秸秆和野草给引着了。刘桂珍一听，高度警惕，要知道那旁边不远的地方就是大片油松苗。天干物燥，加上油松苗极其易燃，火势一旦蔓延，后果不堪设想。刘桂珍赶紧安顿好病人，一边打电话火速上报乡政府，一边紧急召集村里的防护员迅速赶到火灾现场进行灭火。

经过一个小时扑火，大火终于被按住头，刘桂珍这才松了口气。回头望去，大片油松站在远处，郁郁葱葱。幸亏扑火及时。这时，电话响起，是武强村那个病人还眼巴巴等她回去呢。顾不上歇一歇，顾不上吃口饭，刘桂珍又转回武强村。等刘桂珍回家，已经是走在月色下了，又累又饿，走路都带着摇晃，这种时候，看月色都是稀清寡冷的。一回头，杨宏生跟在后面，也不说话，就是跟着。刘桂珍笑了，没笑出声，也不说话。就这样，一前一后，两个人走在回家路上。有人跟着，刘桂珍嘴角上翘，再看月色，稀清是稀清了些，不过还挺有意境的。男人是女人的胆，胆子壮了，连山路都没那么难走了呢。回家一看，饭菜早就做好了，就等着她吃呢。

山洪暴发的那一年也是。刘桂珍在雨中挨家挨户排查情况，撤离老人和小孩到安全的地方，都安顿好了，这才想起自己的孩子自己的家。等她回到家，家里漫进水，水已经到了膝盖处，小女儿和父亲都蜷缩在柜顶上。家人没事就好。心里一直紧绷的刘桂珍突然放松，腿一软，人就往后坐。一条胳膊接住了她，回头一看，杨宏生。人家一直就跟在她身后呢，这一晚，她跑多少路杨宏生就跟多少路，她被闪电照亮过几次杨宏生就被照亮过几次。多有力的一条胳膊啊，刘桂珍被扶着，稳稳站住了。

还是去武强村给人看病，那一次，路遇一个常年在外的流浪汉。快过年了，流浪汉回来了。人是回来了，家里却要啥没啥，连口饭都没有，只能沿门讨吃。刘桂珍把这件事报告了镇政府，镇政府领导了解情况后，救助这个流浪汉四百块钱和两袋白面。刘桂珍要把这四百块钱和两袋白面送到流浪汉手里，但武强村不通公路。刘桂珍自然而然看向杨宏生。从段家湾到武强村是一段七里多长的山路，路还坑坑洼洼很不好走。

为什么看我，啥意思？

杨宏生心里嘀咕，不会是想叫我去给送这两袋白面去哇？杨宏生不愿意。一不沾亲，二不带故。凭啥？

刘桂珍，你为啥老是看着我？

最后，还得是杨宏生，推着自行车走两个钟头，把两袋白面给流浪汉送家里了。一进家，杨宏生自己心先软了。这是个什么家啊，破破烂烂，四面透风，没一件值钱东西。再看看流浪汉，有气无力躺在炕上。等刘桂珍和杨宏生说明来意，把个流浪汉感动得，一个劲说共产党好，自己活这么大把年纪，没想到还有人关心他，有人救济他。

返回来的路上，杨宏生不说话，独自笑了。还行，懂得说一句“共产党好”，看来两袋白面不够他吃。怨气一散，再看妻子刘桂珍就不一样了，又善良，又美丽。

“你看我干啥？”刘桂珍问。

杨宏生不说话，一个劲笑。刘桂珍是对的。流浪汉要是让他先碰到，他也会这样做。

回家的路上，两个人走一路，但一路不说话。不说话挺好。

初结婚那几年，杨宏生在外打工，当木匠或者泥瓦匠，挣点钱补贴家用。刘桂珍是乡村医生，十里八村给乡亲们看病。在杨宏生记忆里，至少两个大年刘桂珍没有在家过，都是去病人家给看病。别人家过年，红红火火，热热闹闹，只有杨宏生守着两个闺女等刘桂珍回家。饭热了一次又一次，小闺女饿得实在不行了，问爸爸：“我妈什么时候回来？”

谁知道什么时候回来。在刘桂珍心里，就没有这个家吧。杨宏生一肚子气，没吃饭，但是饱的。一年到头辛辛苦苦忙忙碌碌，也不见刘桂珍挣回个钱来，家里倒贴出去不少。两个孩子平时都推给奶奶照管，家里地里的营生都是杨宏生一个人干，就这，还连个团圆饭也等不到一起吃，你说气人不气人。

气在杨宏生的身体里埋伏好，就等着刘桂珍进家。进家就没她的好，一定要说说她。

进家了，进家了。进家的刘桂珍累得东倒西歪，人瘦得风大点都能给她刮跑了。这样的刘桂珍，还能和她说什么？本来气鼓鼓的杨宏生，顾不上气，赶紧热饭，赶紧把炉子加旺。本来想说刘桂珍不应该……但医生给病人看病没错啊。又想说病人不应该,大过年的,病什么病？也不对,病人也不是想要病。唉！没有一句话是能说的，只能不说啦。杨宏生抽根烟，把想说的话都化成烟。

县里在美丽乡村建设中，开展了“八道四治四建”专项行动，过村公路要栽五百多棵绿化树。刘桂珍二话不说，从自家苗圃里精选出一人高的北京桧柏和杨树，分文不取，支援项目。这个事，刘桂珍也不和杨宏生商量，杨宏生也不问。不但不问，还亲自去地里起树苗。

这是不说话的杨宏生。

但杨宏生还是个说话的杨宏生。一说话，了不得，又多又密还全是抱怨。

采访刘桂珍，杨宏生老抢话。杨宏生说：“她天生就是个替人操心的命，由不得人。就说起那年过大年，人家都红红火火、热热闹闹的，就她在外面给人看病不回家。”刘桂珍还得在旁边解释：“那不正好是武强村的老曹，他妈病得厉害，叫我赶紧去看看嘛。大过年的，人家开这个口也挺难。”

“你走了，我们咋过年？”

刘桂珍又得解释：“那不是病人上吐下泻，高烧不退，严重缺水吗。急性肠炎，赶紧给病人输液，半个小时后才平稳下来。”

“那你还住病人家了呢。”

刘桂珍解释说：“那不得观察病人啊？不得守病人一夜啊？万一情况不好了呢？”

又说起刘桂珍做赤脚医生时的收入情况。刘桂珍嘴慢，还没说什么呢，杨宏生先说话了：“生产队那会儿，每年队里补助五十个工分，工分每年不等，最好的年份没超过八毛钱。工分队里账上记着，她一分没领过。”杨宏生不但嘴快，还气鼓鼓。“她自己采的药给病人吃，从来不收费。给病人用药都是按进价收费，一分钱不挣。”

说着说着，又说到代课老师这一块。杨宏生说：“修学校的时候，把自己家当教室，家里的饭桌、床、缝纫机都变成课桌。一个学期的时间呢。”

“什么时候的事了，还拿出来说？”

杨宏生说：“不管什么时候，都得说。”

好吧。刘桂珍不说了，让杨宏生说。

杨宏生一时也不知道该说什么，就说：“你看她瘦的。”

刘桂珍反驳：“我吃不进饭去。”看看杨宏生，还是承认了一些杨宏生的好：“我都是吃了饭就去忙，洗涮都是他的事。”自己也不好意思了，又说：“缝补啥的我都不会，全凭人家呢。”

又说到种树这件事上。

杨宏生就更有说的了：“你别看她瘦，犟起来八头驴拉不回。”

一开始，杨宏生不同意种树，万一赔了呢？万一叫人看了笑话呢？没想到，刘桂珍拿出压箱底的钱直接就买树苗了，连商量都不商量。

“大家一致选她担任村支书和村主任，她二话不说就干上了。她是干上了，可把我给拖累住啦。”杨宏生说，“每年一到春季，天干物燥，整天刮风，尤其是清明节前后，上级对山区森林防火抓得很紧。但这时候又是种树种地的季节，她顾不上在自己家地里育苗，也不让我在自己家地里种地，她把我派到山上，专管山区森林防火工作。我说我不去，地里活儿没人干。她说不去也得去，各家都忙着种树育苗，派不出人。再说了，派谁都不合适。”

正合适被派去防火的杨宏生，感觉刘桂珍瘦归瘦，但挺有劲儿，“你不去也得去”，听听这话说的，八头驴肯定拉不住。

“忙完森林防火工作，她还要挨家挨户宣传农村医疗政策，劝说乡亲们入医保。有人怕花钱不愿意入，有人打工不在家，她就自己垫钱给乡亲们入医保。”刘桂珍前前后后为乡亲垫付的医保钱够两千多块钱。杨宏生说着，自己倒也笑了。也许他真正想说的是，乡亲们都说刘桂珍心眼好，刘桂珍在乡亲们心中有威信。

杨宏生承认自己对刘桂珍时好时坏，“就连两个闺女，也对她有意见”。

这就又说起两个女儿来。“大闺女在县城上学，有一年冬天脚冻了，又红又肿，痒得厉害。我是个粗人，注意不到这些。她天天忙外面的事，早把买鞋的事给忘了。后来，还是城里的三姨看见了，才给娃买了一双棉鞋。”说完大闺女，不得不说说二闺女，“那一年，二闺女在五中上学，有一次得病发高烧，给她打电话说‘老师叫你领上我去医院看看’。她可倒好，说我正在王家会给李狗小输液呢，走不开，你自己去吧。”说着说着，杨宏生又气鼓鼓的了。

“有一回，我得病住了医院，医生说需要手术。我住院半个月，她只陪侍了一天就着着急急去忙学校和村委的事情去啦。出院后我见到她就说，家里的活儿、地里的活儿你不做，我和孩子病了你顾不上管，给别人看病你往里贴钱，让别人入医保你赔钱，你还是不是这个家里的人？”杨宏生一下把积攒多年的话说出来，怨气冲天。

怨完了，杨宏生自己给自己疗伤，说：“她连一件像样的衣服都舍不得给自己买，却愿意给村民们送钱送药。也许，这就是我这个普通老百姓和一个优秀党员在思想觉悟上的差别吧。”

别说，杨宏生把自己剖析得还挺到位。

杨宏生真话多。刘桂珍反驳不过来，就让他说，说到不想说为止。

果然，杨宏生说到没话了，笑一笑，该干啥干啥去了。家里院里地里，都是杨宏生的活儿。“实际上，我从卫校学医护回来，看的第一个病人，是我婆婆。”刘桂珍说。

刘桂珍的婆婆就是杨宏生的妈。那时候，婆婆还不是婆婆，是一个需要扎针吃药的病人。长期劳累，南山脚下的女人们多有疾病，也不严重，不是什么症候，但就是不舒服。不舒服也说不来是哪儿不舒服，反正就是身体又疼又酸又疲劳。去医院是去不起，去了也说不下个所以然。吃药也不知道该吃啥，吃啥药都不对症。正愁呢，刘桂珍学成归来了，正好一个家门口的医生。

把刘桂珍叫到家里来看病，又省钱又是自己人，有什么病痛都能说清楚。那时刘桂珍还是初学，对自己信心不大。“那不正好，你就拿我练手啊。”婆婆说。那时候刘桂珍喊她大娘。大娘和刘桂珍母亲的关系好，平时来往也不少。

大娘是个好大娘，有血有肉有血管，针扎下去，舒服了就说舒服，不舒服会叫疼。煎上药喂给大娘，大娘觉得肚里热，大娘觉得胃里酸，大娘觉得能睡着觉了，大娘觉得跑肚了，都告诉刘桂珍。刘桂珍根据大娘的反应调药量，调药方，把每一味药的脾性摸得准准的。

大娘是刘桂珍给看病最多的病人，也是给免费最多的一个病人。一个敢叫看，一个敢给看。时间一长，敢叫看的，病痛减轻了；敢给看的，临床经验丰富了。这把大娘给高兴的，叫刘桂珍来家就越勤了。谁都没有注意大娘家的儿子杨宏生，悄悄爱上了天使医生刘桂珍。

说什么爱不爱的。杨宏生不好意思了。南山脚下的人，不说爱，只会说："想要。"

杨宏生想娶刘桂珍，刘桂珍听了很不高兴，她只是一心一意来给大娘看病的，谁要嫁你啦！刘桂珍怀疑起大娘老叫她来家看病的动机，有这种怀疑的时候，刘桂珍还梳着两根小辫子呢，走起路来一忽闪一忽闪，看人的时候一双眼睛晶晶亮，骑起自行车来，把车轮蹬成风火轮。

事实证明，杨宏生眼光真不错。站在台上做题为《她就是这么个人》的报告时，杨宏生由衷感慨。他说："看到县委和县政府这样重视宣传桂珍，各地记者纷纷来段家湾采访桂珍，中央、省、市大力号召学习刘桂珍，我认识到一个人活在世上，不能只为自己活，只有心里时时刻刻想着老百姓，才能活出人的价值，活出人的尊严。”

看看，杨宏生多会说。不过，杨宏生还是挺懂刘桂珍的，他说：“桂珍只是力所能及地做了一些事情，就得到了老百姓对她的认可。”

三个酱油瓶

见到二毛的时候，二毛正在家里洗衣服。阳光照在二毛的后背，发着金色的暖光。看见家里来人了，二毛腼腆一笑，端着脸盆出去了，盆子里泡着一件衬衫。刘桂珍说二毛这几天不高兴，因为考编制没过了笔试。二毛是刘桂珍的二闺女，刚刚从山西农业大学毕业，今年二十三岁。

环顾一下家里，全是二毛学习的书，不是考研的资料书，就是考编的参考书。书多，说明二毛想法多。

二毛和姐姐一样，从小跟在奶奶身边。小时候和伙伴们一起玩耍，人家问二毛："你妈是个医生，那你会扎针吗？"二毛说："我才不学扎针，烦都烦死了。"二毛最烦自己的妈妈会扎针，本来在家好好的，病人一个电话就把妈给叫走了，也不管二毛能不能吃上饭，也不管二毛会不会写作业。在妈看来，病人比二毛重要多了。二毛要是和妈闹，妈就说：“肯定病人重要啊，你想想病人多痛苦啊。”

二毛问妈要零花钱，十有八九要不出来。妈节俭、朴素，很少给二毛和姐姐买新衣服穿。与小伙伴们一起玩耍，人家有时兴衣服和时兴玩具，二毛和姐姐没有，只能眼巴巴看着。说起来，妈还是个医生，还挣着工资呢。说妈是个医生，妈又不像个医生。看看人家电视剧里的医生，看看人家城里的医生，哪一个不是白白净净文质彬彬。再看看自己的妈，背个大药箱，骑个自行车，太阳把脸晒得黢黑，风把手吹得全是裂口。

把这个想法和姐姐说了，没想到姐姐的看法完全相反。姐姐说：“当医生多好啊，你看咱妈，治病救人，救死扶伤，这十里八村的人谁见了咱妈不说好啊？”

“咱妈为给病人看病，连家都不顾。”二毛噘起了嘴。

比起姐姐来，二毛对妈的要求更多，想要得到妈的关注更多，也就对妈的怨言更多。守着一个当老师的妈，妈辅导二毛作业的时候很少，比起照顾二毛，辅导二毛，妈似乎更多地在照顾她的学生，辅导她的学生。妈的学生这样评价：“我们老师哪儿都好。”要二毛来评价，二毛才说不出这样的话。

二毛去县城五中上学后，每到星期五晚上都想叫妈来接，电话里说得好好的，可妈总是不守信用，不是来迟就是不来，真正接二毛没几回。有一回，和妈说好了在门口接，等二毛放了学到门口，妈呢？把电话打过去，妈说：“哎哟，事情太多，把你给忘了。”让二毛在寒风中等了好几个小时，妈才急匆匆赶来。这时再看二毛，嘴噘得够挂三个酱油瓶。二毛怀疑妈心里根本没有二毛。

二毛在学校病了，给妈打电话想叫妈来看她，没想到妈说：“我给病人输液呢，顾不上。”二毛当时就震惊了，还有这样的妈？二毛到底是不是亲生的？

还有一回，说起学校的饭菜，大家都说学校饭菜不好，可二毛说不对呀，学校的饭菜很好啊，又按时，又花样多，比我家吃得强多了。二毛无心一句话，没想到妈听了当场就落下泪来，妈觉得对不住二毛。妈这一流泪，二毛心忽地一下，妈心里还是有自己的，顾不上可能是真顾不上。一夜之间，二毛就长大了，很多事情不用妈给解释自己就懂了。懂了，抱怨就少了，就不再怀疑是不是亲生的了。

姐姐自理能力强，有事情都是自己做主自己处理，几乎是在妈不知不觉中长大的，是那种妈走着走着，猛地回头一看，大女儿已经成人了。报考大学时，妈不想姐姐报医学类专业，说干这一行太累。姐姐偏偏报了医学专业，还远走山东。姐姐这一举动，让二毛隐隐觉得真正反抗妈的是姐姐。等到二毛高考报志愿了，妈想叫二毛报农业。妈是怎么想的，二毛没问，但二毛真的报了农业学校。

懂事后二毛再没噘过嘴，也学会给家里做营生了，还时不时给妈打个电话："妈，多注意身体，多注意休息。""妈，想吃啥你就买，别舍不得，你太瘦了。"

二毛心疼妈，妈每天去王家会上课，自行车上还要带一个学生，那是本村美生家的孩子。早晨妈用自行车带着这个学生一起去学校，晚上回家又把学生带回来。段家湾村到王家会村五里多路，坡路为主，去的时候车轮转得快，让人提心吊胆，回来时候又太费劲，蹬自行车像是老牛爬坡。二毛有心不让妈带这个学生，但这话二毛说不出口，妈肯定会说这是顺路的事。即便不带这个学生，妈也是这么上坡下坡来回跑着，一跑就是十几年。二毛说不出口，还在于二毛对妈开始有了认识。生在南山长在南山，上天没给妈不一样的东西，可是妈，又确实是很不一样的那一个，是一眼能识别出的那一个，是能成为全国劳模的那一个。

是妈自私吗？只为成就她个人的辉煌而不顾家庭、不顾女儿？这样的问题二毛也想过。想过之后，二毛对妈的认识更深了，妈恰恰是这个世界上最不自私的，是最会爱的。妈对二毛的爱，不限于亲吻、拥抱，接送上下学、买新衣服、带着看病、辅导作业，陪伴身边，妈的爱，希声，无疆。妈想爱二毛，妈就先把自己做好，让二毛看到好应该具备的素质；妈想爱二毛，她就把身边的每一个先爱好。在这样的爱下，二毛看到的、经历过的、感受到的，全归二毛所有。所有这些都将走进二毛的身体，成为二毛的血液，变成二毛的呼吸，直至转化成二毛心底里的一座宝藏，取之不尽，用之不竭。这就是刘桂珍给二毛的最大财富，确保二毛终身富有。

姐姐在山东省东平县找到工作了，成为一名疼痛科的护士长。视频接通，姐姐头戴护士帽，身穿护士装，果然和电视里看到的、和城里的医生一样。姐姐在视频里对着妈笑，说自

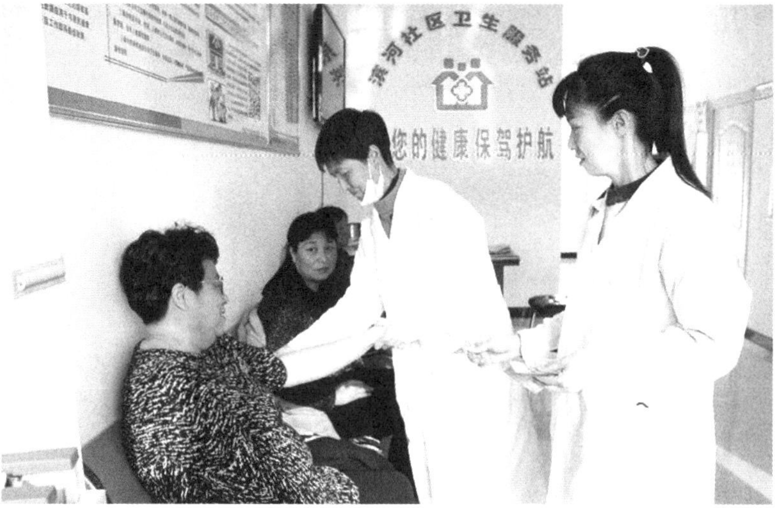

刘桂珍和大女儿一起为村民诊疗

己已经成了预备党员，也想像妈一样成为受人爱戴的人。“像母亲一样做一个为人民服务的合格共产党员。”姐姐说完，在视频里对着妈笑，像是在调侃妈。只有二毛明白，姐姐才是最像妈的那个。

好几年过去，经历过一些事情后，姐姐从山东回来了，回到段家湾，回到妈身边。姐姐回归，说不来是与她自己的和解，还是与妈的和解，抑或说，是与段家湾的和解，二毛被姐姐感动。现在，姐姐是代县党群服务中心滨河社区党支部书记、主任，果然如她曾经说过的那样，“像母亲一样做一个为人民服务的合格共产党员。”这样看来，姐姐也是理解妈最深、懂得妈最多的那一个。

家是三间正房，这时正是太阳最好的时候，金子样光辉铺了满满一家，三花猫在炕上睡得正酣，二毛在外面水泥台阶上洗衬衫。盆子里满是肥皂泡泡，每一个泡泡上面都反射着一个光灿灿的太阳，就好像二毛洗的不是衬衫，是满满一盆子新鲜的太阳。

酣睡中的三花猫是个猫妈妈，昨天带几个猫孩子过马路，被疾驰而过的汽车轧死一只。伤心一夜的三花猫选择用酣睡来疗伤。妈轻轻抚摸三花猫。妈的手是医生的手，摸到哪里，哪里的痛就能减轻，妈手上的温度足以熨平哀伤。人世间是用悲喜交加和生老病死组成的，三花猫不例外，也活在这种循环中。悲与喜是个叠加，一层乐极生悲，一层否极泰来，但如果是以爱来做反转，那中间的这个过程就不至于太绝望，也不至于太忘形；生老死中间隔着病，病痛缓冲了人对死亡的恐惧，也让死亡变成解脱，如果在这个过程中还能遇到一个好人，愿意用她的慈悲去关照，愿意用她的善良去普度，愿意用她的情怀去抚慰，那无疑是大幸运，大修行。刘桂珍就是这样的一个好人。

二毛洗完衬衫，把衬衫晾晒在太阳下，微风从衬衫上轻轻拂过。以南山做背景，家靠山而建，门窗油刷成暖橘色，河石垒就成“之”字形小道，“凤山可是生来巧，堪与南楼作卧屏。”诗人的描写还是准确的，写出了景也写出了情，传出了神也达出了意。那一年山洪暴发，大水淹进家里，把家里的墙淹浸成一幅大型淡墨写意国画。犹记得二毛和姥爷为躲避洪水爬上柜顶，犹记得妈在一道贯彻天地的闪电下宛如一只振翅的凤凰，反而是忘记了躲在柜顶上的恐惧，忘记了电闪雷鸣下见不到妈的失望。那时候二毛还怨恨妈，当妈从柜顶上把二毛抱下来，二毛嘴是噘的，够挂三个酱油瓶子的，“我是不是你亲生的？”二毛质问完后，很快就睡着了，有妈在，二毛一挨枕头就入睡。后来，被水淹浸了一半的墙，成了二毛的睡前故事，横着看，是一幅山水画，丈山、尺树、寸马，人在画中骑驴过，风拂过水面皱起千重愁；竖着看，有一个虎下山，有一个蛇盘兔，有一个猫扑蝶，还有一个大凤凰在闪电下蓦地张开阔大的翅膀，金光万道，和光同尘。

放声大哭

代县地形是南北大山对峙，中间一条滹沱河。站在南山望北山，北山的最高峰，老百姓叫馒头山，那是北岳恒山山脉的西段，也叫勾注山，以险著称，山体呈西南——东北走向，宽度达到十五至三十千米。著名的“天下第一关”雁门关就在勾注山上。《山海关》里写雁门关“雁出其间”，是说每到秋天雁门关一带劲风如刀，用老百姓的话来比喻，是风大的时候能把磨盘吹起来放风筝，大雁这种体型强健、意志顽强的飞鸟想要过雁门关不是件容易的事。顾炎武在《天下郡国利病书》中这样形容雁门关：“重峦叠嶂，霞举云飞，两山对峙，其形如门，而蜚雁出于其间。”

雁门关是内地与塞外、中原与漠北、农耕与游牧的重要连接地和分界地。从地图上看，漠北是巨大的扇面，雁门关是收拢扇面的扇轴，故而从战国到明代，雁门关一直都是“天下大防”。直到清军入关版图扩大，雁门关才不再是民族碰撞的交汇点。

“一座雁门关，半部华夏史。”早在战国时期，雁门关就成为天下一座著名的军事要塞。步行上雁门关，残阳如血，一蓬衰草在劲风中摇摆，李牧祠地基犹存，残瓦断垣星点留存，让看到的人越发感喟天地之苍茫，时光之荏苒。

站在最高处，放眼四望，群山浩荡，怪石嵯峨。风在耳边飒飒，仔细听去，里面还裹挟着飞将军李广在雁门关迷路后的战马嘶鸣，宋朝时驻守边关士兵在思念家乡时的哀婉歌声，以及明朝工匠修筑长城喊起的雄浑号子。有这样一座雄关在境内，代县人受一方水土滋养，个性多敞亮直接，处世多尚义任侠，格局多大开大合。这与雁门关是“三关冲要无双地，九塞尊崇第一关”的军事要塞，但同时也是四通八达的交通要道有关。“关”成为代县人刻在骨子里的基因——关是用来守的，也是用来破的。代县人多为军户后代，既是守关者，也是破关者，大开大合，大合大开是轮回常事。正因为此，雁门关能够在一夫当关万夫莫开的同时，也能成为沟通南北的陆港码头。

雁门关强劲的经济辐射功能在明清两代尤其显著，玉石、丝绸、茶叶、中药、铁器、典籍，通过雁门关去到更广阔的天地。与此同时，牛羊、皮毛、马匹、弯刀，由关卡源源不断进入中原。据记载，清代代县有商户七百余家，从业人员三千余人。经济发达带来人文荟萃，代县州城历来世家大族云集，在明朝，代县有中举者一百六十二人，中进士者四十六人，尤其值得一提的是，俘虏“闯王”高迎祥的明代兵部尚书孙传庭，正是代州人。代州冯氏一门，明清两朝共走出过进士十八人，举人五十五人。

崇文尚武，使得这片土地既神圣庄严，又奔腾不息。

与北山相比，南山与五台山接壤，山势没那么险峻，气候也少了极端，相较而言，少了金戈铁马，而多了佛性超然。

天气好的时候，站在南山可以遥遥望见伫立在代县城中的阿育王塔。

代县的阿育王塔始建于隋仁寿元年（601 年），

原为木结构，时称“龙兴”。阿育王塔地下有地宫，里面储存有佛舍利、佛像、佛经等物。地宫上建台基，平面为长方形，南北长50米，东西宽30米，高1.5米。塔建在台基正中央，为三层喇嘛塔，砖砌，圆形，周长60米，高30米，由塔座、塔身、塔刹三部分组成。据《圆果寺塔记》记载：“代郡之塔乃释迦如来真身舍利之所致也。”

《圆果寺塔记》详细记载阿育王塔几度兴衰，认真读来，颇有趣味，既像是读历史进程，又像是在读处在边寨这种特殊地理环境中人的心灵史。

隋仁寿三年（603年），州人以塔为中心，建造佛寺，称为龙兴。唐会昌二年（842年），武宗在全国范围展开大规模的灭佛运动，寺与塔都在这场运动中毁于一旦。到了唐大中年间，佛法又得到弘扬，州人遂复建阿育王塔和龙兴寺，并将龙兴寺改名为圆果寺。此后一百二十年间，战乱频仍，王朝更迭，但圆果寺和阿育王塔总能受到钱粮馈赠，四众瞻仰，八部钦崇。随着时间推移和修葺积累，圆果寺和阿育王塔终成宏大寺院和高耸宝塔，为代州古城一大盛景。

宋神宗元丰元年（1078 年）六月一天子夜，狂风大作，电闪雷鸣，暴雨倾盆，高耸的阿育王塔被雷火震焚。宋徽宗崇宁元年（1102 年），兴工修建，用时两年。又过二十年，阿育王塔和圆果寺再招兵灾。金太宗天会年间，金国灭辽掳宋,改代州都督府为振武军,圆果寺与阿育王塔再度得到修缮。宋宁宗嘉定四年（1211 年），元太祖称帝，挥师南下。嘉定八年（1215 年）攻入河北。嘉定十年（1217 年）八月十三日攻打代州，放火烧塔，火星迸落前后殿堂，整个寺院化为焦土。

元世祖至元十二年（1275 年）七月,元帝派使者悬带金牌，来寻找阿育王塔和圆果寺旧址，盘量宽窄，精心规划，再次启动复建阿育王的宏伟工程。为防止宝塔再遭火灾，这次修复由过去的木塔改为砖塔。塔高一百二十尺，方台圆座，覆仰莲盆，团腹肩山，十三层塔顶涂金相轮，宝盖垂铃。

元至正二十八年（1368 年），元顺帝败退北去，明太祖朱元璋称帝，尊崇三宝，天下佛寺又得到新一轮修缮。到明嘉靖年间，代州圆果寺年久失修，破败不堪，经州人多方筹措，所需木石、砖瓦、钱粮到位，圆果寺和阿育王塔再一次得到全面维修。

清康熙二十二年（1683年），阿育王塔因地震再次受到摧残。康熙三十二年（1693年）仲冬，寺僧普济发愿修复，躬身募化，州人出钱出力，响应云集，赶上当时官府正修复鼓楼，准备了不少搭架用的木椽和绳子，为修复阿育王塔搭架提供了方便。仅搭架一项就节省费用三分之一。这次维修，重砌塔刹相轮，整修仰承轮盘。当时盘径达一丈二尺，周围悬铜铸铃铛三十二枚。

清光绪十八年（1892年），代县再次发生地震，致使阿育王塔金顶宝珠倾斜二十余度。2006年代县文化局对阿育王塔进行全面大修，将塔刹以上部分全部构件拆解下来进行重新砌筑。

从唐、宋、元到明、清以及民国，阿育王塔历经战争、雷劈、地震、焚毁等一系列天灾人祸后，依然稳健地挺立在县城中央。代县原新闻办公室主任兼《今日雁门》报总编辑、代县新闻协会会长杨继兴对阿育王塔的前世今生了解至深也感情至深，在对外宣传阿育王塔时总是描述详尽、情感丰沛。他在撰写《代州阿育王塔的兴衰史》一文中时，这样写道："刹顶装饰着盘盖金铎和金顶宝珠，清风徐来，风铎摆动，铃声阵阵，……向芸芸众生传递着袅袅佛音。金顶宝珠则在阳光下熠熠生辉，金光灿烂，向人们描绘着一个金色的佛国世界。"

站在南山高处望城中的白色阿育王塔，侧耳倾听来自塔身铃铛的琅琅声，有降噪清心之功用。雁门关是杀戮的关，无论是破还是守，都要填进去无数壮士的忠骨和热血，建一座阿育王塔，通体洁白，铃声阵阵，是用来抚慰战死的英魂和在风中猎猎不息的战旗。

阿育王塔的金顶铃铛，是站得越远听得越真切，全然一种超脱。这样的铃声下让人恍然觉悟，历史归历史的，人世归人世的，金戈铁马归金戈铁马的，生老病死归生老病死的，你说不上来哪一个更高级，二者之间更像是枕木上的两条轨道，并行着运送时代的列车。应该是同等的吧，用刘桂珍经常挂在嘴边的话说，是"大事我也做不了，我做的都是小事。"雁门关和阿育王塔在经历大事，普通如刘桂珍这样的南山女儿，做了一辈子小事，到现在，也不过做了四十五年的乡村医生、二十九年的乡村教师、二十七年的村支书、二十年的村主任。医生、教师、村支书和村主任，不是刘桂珍的身份而是日常，她自己这样认为，乡亲们也这样认为。走在路上，有人叫她一声“四女”，有人喊她一声“老师”，有人高喊“刘书记”，叫的都是她。

三月份对段家湾不算友好，平川地方桃花杏花都要开了，段家湾还是冷天冻地，每家每户都还离不开火炉，空气是浓得化不开的稠密，低沉沉的，遮蔽着迟来的春光。每到这种气候，父亲刘白小都喘不上气来，刘桂珍也总是在这个时候接诊尤其多。二姐说：“你还出去给别人看病？咱爹都这样了，你就算不去，人家也能体谅你。”刘桂珍喂给父亲几口热水后，还是出去了。

从家中出来，刘桂珍的眼泪才从眼眶中滚出来，她不想让父亲看到她流泪。冷风凌厉，很快就替刘桂珍擦干眼泪。风是南山派来的，擦刘桂珍的眼泪，抚刘桂珍的头发。骑着自行车，顶风逆行的刘桂珍想起那一年，她当了段家湾村支书，父亲对她说了一句话，“没有私心，事情就好办，”这句话其实一直没有落地，一直伴着刘桂珍行走。给病人看病的时候，这句话站在身边；站在讲台上讲课的时候，这句话站在身边；段家湾两次搬迁，是这句话与刘桂珍并肩，去一项一项完成琐碎工作；油松苗不好卖了，这句话就给刘桂珍指示，要她把买树苗的人带到乡亲们那里，让人家先买乡亲们的树苗；遇到有乡亲没钱办新农合，又是这句话提示刘桂珍，把钱先垫上。

自行车在南山下沿着道路画下弧线，这条路，没有人比刘桂珍走得更多，还背着一个大药箱的更加没有。一辈子都是父亲强势。当年刘桂珍不想学医，一心要考大学，父亲不同意，“村里就你一个高中生，你不干谁干！”后来刘桂珍不想当代课老师，父亲又说，“你要不代课，这学校就塌了，你让娃娃们去哪儿上学？”就是这么一个强势的父亲，怎么就老了？病重了？

“咱爹都这样了。”如果不是二姐这句话，刘桂珍还没有意识到父亲的情况已经很不好。咱爹都哪样了？骑在自行车上，刘桂珍想父亲的样子，九十二岁了，年老体衰，受病痛折磨瘦得比平时缩小一半，喘不上气来的时候更是把自己紧紧缩住，让人看了要多心疼有多心疼。

二姐，我不是非要在这种时候还出去给别人看病，我是没办法解除父亲的病痛，二姐，你明白吗？

刘桂珍父亲刘白小

自行车摩擦地面发出轻微的声响。宁静终归是这片土地的主宰，刘桂珍迎风流泪，感动于这一时一刻南山专供给她的宁静。风把她耳边的头发往后吹拂，她却听到风里带着的铃铛声。这铃铛声通体洁白，祥云浮动，片羽吉光。

几天后，父亲喘得更加厉害，没有力气坐起，没有力气抬头，没有力气吃饭。刘桂珍抱住父亲，协助父亲调节身体，不时喂父亲一口热水。每到后半夜，父亲会精神了一些，喘得也不那么厉害了，这种时候万籁俱寂，听自己的心脏跳动如同擂鼓。

刘桂珍半躺在父亲脚下，见父亲精神尚可，又见父亲很想说话，就问起父亲一件往事，“你和我娘是怎么认识的？”

父亲笑了，虚弱，但幸福。

“你娘是高平人，随着她的娘坐火车逃难，下错火车了，下到代县。”

“娘原本是要去哪儿？”

“已经想不起了。”一对母女，战战兢兢，惶惶无措，或许她们原本就没有目的地，只是凭借本能跟着逃难大军一路奔逃，把自己的命运交付给闪亮的轨道。

“逃什么难？”

“日本人，灾荒，瘟疫，饥饿。”那是个兵荒马乱的年代，那是个大半个中国都遭了瘟疫的年代，那是个遍地饿殍的年代。

也幸亏下错了车，娘遇到父亲。

父亲和娘在南山脚下的段家湾打熬日月，生儿育女，建房起屋，耕种养殖。娘从此再没战战兢兢过，再没惶惶无措过。

“让你当医生，我有私心。”父亲说。

刘桂珍坐起身来，认真看着父亲，一辈子没有私心的父亲，怎么说出这样的话？

“当年，你大爷能跟着部队走，而我不能。”

这事刘桂珍知道，因为奶奶不让父亲走。

父亲说话的中间，打了个盹，依稀见他的娘在老远处，也看不清眉眼，像活着的时候那样盘腿坐在炕头上。父亲的娘说：“一个好儿子我已经献给国家，你，我想留在身边。”父亲的娘周身飘着云雾，这让娘看起来影影绰绰。

一个点头，父亲醒了。醒了，看到的是四女儿刘桂珍，一双眼睛晶晶亮。

为了让父亲省些力气，刘桂珍没话找话与父亲聊天。看看父亲手背上插着的输液管，液体一点一滴顺着父亲的血管进入身体。父亲看着刘桂珍，刘桂珍知道父亲想说啥，自己先笑了，说你叫我学医，也是想把我留在你身边吧。

刘桂珍说对了，父亲脸上有了笑。这个四闺女，一点儿也不傻。把四闺女留在身边，就是父亲这辈子唯一的私心。谁叫四闺女是高中生呢，谁叫四闺女从小就有双晶晶亮的眼睛呢。

“后来你叫我入党，也是私心吧？”

这回刘桂珍没说对，父亲板起脸来。刘桂珍反倒笑了，父亲还是那样，脸上藏不住话，心里有什么就往脸上写什么。

“叫你入党，怎么能是私心呢？正是没有私心，才没有阻拦你入党。从乡村医生到乡村教师，几十年来对你的观察和考验，你就应该入党。”

“当村支书我没给父亲丢脸吧？”刘桂珍舀一汤匙热水喂到父亲嘴边。热水顺着喉咙下行，经过食管，一路暖洋洋，到达父亲的腹腔。答案写在父亲的脸上，四闺女自己看。

“我可比你多个村主任的‘官衔’呢。”刘桂珍说。这话，父亲身体好的时候刘桂珍也对父亲说过，目的明确，就是用来“压制”父亲、“反抗”父亲的。每回说起，父女俩都会心一笑。父亲后来是很享受四闺女对他的“压制”和“反抗”，但这个父亲没写在脸上，怕四闺女得意。

父亲又迷糊了，说三句话能做三个梦。刘桂珍从父亲脸上找，找父亲做着什么样的梦，是遇见了年轻时候的自己走在进城开会的路上，是在队里给乡亲们分萝卜叶子，还是坐在马扎上看天上云卷云舒。

2017 年 3 月 11 日，父亲弥留，头枕在刘桂珍腿上，喘得厉害。刘桂珍紧紧抱着父亲，生平第一次感到自己无能。药箱打开，里面没有一样是能挽回父亲的；会扎针、会输液，却没有一样能减除父亲的痛苦。也是生平第一次彻底感悟出父亲让她学医的深刻用意。五十四岁的刘桂珍，那一刻想再去学医，就现在，马上。

逐渐地，父亲不喘了，宁静下来，再不往脸上写话。果然，宁静才是这片土地的主宰。刘桂珍放声大哭，这哭从她十五岁就开始酝酿，那一年，她骑自行车去城里考试，自行车撞了，“嗵”一声响。这一声响决定了她的命运走向，决定了把自己与南山与段家湾永远地连接在一起。

刘桂珍放声大哭，这哭声里有委屈，有愤懑，有走过的那么多路，有经历过的那么多事，有对固守一地的控诉，有对人生的怀疑，父亲灵魂不远，一定能听到。听到了，父亲就该把写在哭声里的话一一读过。

显然，父亲已经得宁静的精髓，虽然读得无比认真，但一言不发。

刘桂珍放声大哭，父亲灵魂不远，正在认真倾听。这哭声里有骄傲，有自豪，有比父亲多的一个“官衔”；有坚持，有担当，有责任，有阵地意识，有“没有私心，事情才好办”

的家教传承，有“你不干，谁干？”的持久力量。父亲的四闺女没给父亲丢脸。

刘桂珍放声大哭。人生在世，活过半百，放声大哭等于是在夜空中点燃烟花。烟花在空中绽放，多彩而绚丽，神秘继而神奇，继而能从中捕捉到最幽微的曼妙。放声大哭不是每一个人都能有的际遇，当人生在世，当活过半百，大部分人都失去了这样的机会，也就失去通透的机会。

铃铃，铃铃，风送来阿育王塔顶上的铃声。

乡土中国

横穿段家湾的公路是县城——滩上线，全长约二十九千米，为代县境内南北主要交通干线。这条路，在 1956 年时还是一条人行小道，到 1970 年已经达到四级公路标准，路基宽六点八米，路面宽五米。2004 年相关部门对这条路改造，其中王家会至滩上段十五千米路面宽度扩展为十米，实现铺油。路对南山、对段家湾有多重要，无须赘述，但路之于人，却不得不说。

站在横穿段家湾公路这一段，感受着这条路的繁忙。各种各样的车从脸前呼啸着一闪而过，车丝毫不会因为靠近村庄就减速。拉矿的大车最多，一辆接着一辆，每一辆都装得满满当当。私家轿车也不少，穿插在大车间，不耐烦地按着喇叭，轿车里的人也是满满当当。也有一些农用车，突突怪叫着，跑得一点也不慢。拉货的车也挺多，拉日用百货、拉钢筋水泥、拉树苗和粮食、拉电机马达，不间断地驶过。也有城乡客运车，车里人也不少。

公路在段家湾这一段是弧，半个括弧的弧。车从远处的一个拐把上驶来，像是突然冒出来的，更像是从一个未知世界来的。车往远处驶去，在段家湾画下一道弧线后消失不见，也像是去了未知世界。无论是什么样子的车，也无论是干什么的车，行驶在公路上的速度都不慢，都风驰电掣。站在段家湾村前的这条公路上边看车来车往，是一件孤独的事，很难知道这世界哪里来的这么多车，哪里来的这么多人。世界有这么多人，能认识的有几个？能与之产生交集的又有几个？孤独由此生发，不可遏制。

段家湾早就不是从前的段家湾，乡村也不是从前的乡村。有一条横穿的公路在怀中，段家湾不孤独，孤独的是我们。人越多、车越多，我们越孤独。

刘桂珍坐在椅子上，阳光落满一身，她不怎么爱说话，故而看上去沉静；她很瘦，故而看上去简洁。三花猫酣睡着，皮毛在太阳照射下蓬松柔软。就这样，与刘桂珍对面而坐，公路上呼啸而过的车突然就被压制下去，成了背景，成了雾状的流水，成了无声的川流不息。

费孝通的《乡土中国》里有这样一句话，“乡土社会是一个生活很安定的社会。”《乡土中国》是学界公认的中国乡土社会传统文化和社会结构理论研究的重要作品，全书通过十四个章节对乡土社会的人文环境、传统社会结构、权力分配、道德体系、法礼、血缘地缘等，做了概述和分析。其中在《乡土本色》一章中，费孝通将中国社会基层定义为乡土性，这“乡土性”有三个特点：一是“乡下人离不开泥土”。二是不流动。这里的不流动不是说乡村人口是固定的，而是说在人与空间的关系上是不流动的，安土重迁，各自保持着孤立和隔膜。这也是前面写到的，站在横穿段家湾的公路边，人是孤独的。这孤独也不全是站在乡土社会“境外”的一种想当然。三是熟人社会。聚村而居，终老是乡，这才有了“从心所欲不逾矩”的自由。

清晨，南山刚褪去薄雾轻纱，太阳还没有完全出山，段家湾的人已经都在地里了，搭架薅苗，锄草上肥，庄户人没有懒的。油松苗种在地里绿油油、齐刷刷，这时候从远处走来个女人，一手提一箱奶，一手提一盒蛋糕，边走边问："刘医生家在哪儿？"

"哪个刘医生啊？"

"有几个刘医生啊？"

"就一个。但我们不叫她刘医生。"

"那叫她啥？"

"四女，或桂珍。"

"对对对，我找桂珍姐。"

女人直夸桂珍姐，"多好一个人呀，我公公感冒，拖成了重感冒合并症，桂珍姐一连给我公公输了七天液却不要一分钱，你说这叫人怎么过意得去。"

"你公公是谁啊？"

"王家会的李银宝，我是他儿媳妇。"

儿媳妇有点愧疚，自己在城里照顾两个上学的孩子，孩子们的爸爸在外打工，公公病了她都不知道。"多亏了桂珍姐。"

不知道该怎么表达对桂珍姐的谢意，就买下牛奶和蛋糕想给桂珍姐送去。段家湾的人说："你这些东西买也白买，桂珍肯定不要，不信你试试。"

果然，儿媳妇送来的牛奶和蛋糕，第二天又被刘桂珍悄悄送回去了。这个桂珍姐呀，让人说你什么好！

"其实是我想对乡亲们说声谢。"刘桂珍说，"乡亲们对我太好了。"

老父亲去世，家里为父亲办丧事，没想到一下来了六十多人，其中四十多人还是从外地专程赶回来的。来了都问刘桂珍一句,"我能帮着做点啥？"刘桂珍是柔软心肠、流泪眼睛，何况还是这么多人给的这么大的温暖和力量。来多少人，就是刘桂珍走过的多少条路。看着是刘桂珍不计名利不辞辛苦，但其实乡亲们都记着她的好呢。对此刘桂珍自己也清楚,她说："你给村民多少，村民就回你多少。我父亲出殡，乡亲们都回来送葬。"当然，也不全是刘桂珍的好，这里面冲着父亲情面来的人也不少。

走在给病人看病的路上，大多数人认识刘桂珍，老远处就笑问："又去给人输液呀？"也不是为了问才问，只是打招呼的一种方式，相当于城市里的人见面说"你好"。路边坐着个晒太阳的老太太，每次看见刘桂珍，都要说一声："骑着车子，你慢些。"不着急的时候，刘桂珍下车和老太太说几句话，着急的时候顾不上说。那老太太也嘱咐："路上大车多，你慢些。"

卖树苗的时候总有人来帮忙。来了也不说话，对着刘桂珍两口子笑笑，该干什么干什么，还专拣重活累活干。不用问，这一定是刘桂珍给他的家人输过液、扎过针，或者是家里有孩子是刘桂珍教过的，心里存下一分感激，用这种方式来表达。

有一次，刘桂珍出诊两家店村，骑了一路车子，全是坡路，实在骑不动了，只好把自行车锁了靠在路边树上，自己背个大药箱子往前走。人要是累了，身上多一片羽毛也是多。背着大药箱的刘桂珍走在坡路上，人与路形成一个角，太阳是从斜前方打过来的，山越显青翠。好景色使人心情愉悦，连不时擦身而过的汽车似乎也没那么狰狞了。车和路，带活了段家湾，带活了南山脚下的村庄。路是弓，车是发射出去的箭，箭能射出去多远，村庄就有多活。对于路，刘桂珍是有感情的，十里八村去给病人输液扎针，从早年的乡间小路到后来的石子路，又从水泥路到现在的沥青油路，刘桂珍出诊的路越来越好走了。早年间段家湾的人进城靠步走，后来有了骡车、驴车，再后来有了自行车、摩托车，现在都是汽车。段家湾人进城用的时间越少，说明城乡差距越小，越说明路和车对人的重要性。

步走在平坦宽阔的马路，思绪放飞，只凭脚把自己送往该去的地方，这种时刻人的自由度无以复加。

让刘桂珍没想到的是，出诊回家，发现自行车比她先到家。明明记得是锁上靠在路边树上的呀？一问，原来是一个乡亲看到了靠在树上的车子，认出来是刘桂珍的，就把车子给扛回来了。“怕丢。”乡亲说。

在王家会小学，每天来学校最早的人不是刘桂珍，而是校长李建东。李建东体谅刘桂珍，总是早早去学校打扫卫生、生火炉、烧开水、合理安排课程。共事八年，李建东这样做了八年。

村里的学生大部分都去城里上学了，丁秀娟却不想走，她说："我舍不得走，我们老师哪都好。"哪都好是指什么呀？在小小的丁秀娟看来，老师的好就是陪着她打沙包、跳绳、打羽毛球，更重要是她生病了，老师还去家里看她。小小的丁秀娟说出了实质，真正的好没什么了不起，不过就是陪在身边。没什么了不起的刘桂珍被说成是“哪都好”。

刘桂珍走在为村民诊疗的路上

那一年段家湾党支部换届，村里人都想让刘桂珍当书记。在村里人轮番劝说下，刘桂珍终于接过担子。担子虽沉，难得的是“轮番劝说”，他们对刘桂珍该有多么的信任。

都是好人。刘桂珍常常觉得，自己是活在好人当中才能有现在的成绩。火焰高，那是众人拾柴的结果；篱笆编得牢，那是因为桩子扎得牢。

还是那句话，人要是累了，身上多一片羽毛也是多。再次换届，八十来斤的刘桂珍不想干了，想辞职。结果，村里人先不干了，“选上你，你就得干。”说话的口气，与父亲当年的强硬有得一拼。刘桂珍哭笑不得，怎么自己总得承受这样“强硬”的爱啊？

七十九岁的郭志良老两口逢人就夸刘桂珍：“俺们离不开她。”

那一年段家湾下暴雨发洪灾，郭志良老两口被困在洪水里，是刘桂珍第一个发现，赶紧喊人来，这才救下老两口性命。郭志良老两口放养着十四头肉牛，牛有个疫病，也是全靠刘桂珍上门给牛打针灌药。就这么两件事，老两口逢人就夸，见人就竖真实不虚的大拇指。

多少年来，刘桂珍只要有闲空，就走家串户给乡亲们检查身体、发放药品。因为她不收出诊费和注射费，药品也是按进价给，还经常减免药费，乡亲们都把她当自己人。年老的，把她当闺女，拉住她的手，有一肚子话想和她说说；同年的，把她当姐妹当朋友，能诉说心里苦衷的那种，人心里要是存了话，就像口袋里放了山药蛋，总想往外倒一倒，倒空了，心里舒服。和谁倒？和刘桂珍倒，她嘴紧，不走话。再一个，人家都把咱当亲人，咱还有啥心窝子是不能掏的？是不是能掏心窝子的人，一眼能看个八九不离十。刘桂珍，能。

“我们要是输液，都是她给开药。”乡亲们说，“她不仅不收钱，还经常把药送给我们。”见人就说，见人就说，就这样口口相传着。

乡亲们的好，刘桂珍全都记在心上，当一些亲朋好友得知她为村民们垫付着几千块医保费时，就会说她傻。“别傻了，当今社会哪有你这样的人啊？你图什么？”图什么，还真与你们说不清。假如你不是在南山脚下长大，假如你没有一双晶晶亮的眼，假如你没有干过那么多年的乡村医生、乡村教师、村支书和村主任，假如父亲出殡没有那么多人来送葬，假如你走出去没有人对你说一声走慢些，假如没有人总是逢人就夸你的好，假如没有人总说你人品好，假如没有人觉得你“哪里都好”，假如你体会不到乡亲们的好，那怎么和你解释图什么呢？

“桂珍不为名不为利，我们信她。”段家湾人秉承南山脾性，有刚性一面，也有佛性一面。刚性一面是性格内敛不说虚话，有一个说一个多半个坚决不说，说信她就是信她。佛性一面也明显，叫你“慢些”就是真的心疼你，给你提一箱奶和一盒点心来，就是真的想叫你把身体吃好。

反倒是刘桂珍很不安，乡亲们对她这么好，她可怎么回报呢？

获得那么多国家级的、省级的、市级的、县级的奖励和荣誉称号，她有点坐不住。“我只是做了一些应做、能做和该做的，但党和政府给了我这么多、这么高的荣誉，我深感不安。”

深感不安的刘桂珍眼睛突然一亮，说：“那你们帮助段家湾的村民们联系商家吧，把乡亲们辛辛苦苦培育的树苗卖出去吧。这不是我刘桂珍一个人的心愿，也是段家湾和王家会等十几个村乡亲们的心愿，拜托了！”

山西女人

说刘桂珍是乡村医生、乡村教师、村党支部书记、村主任，还不如说她最根本的身份——女人，山西女人。

山西女人最会持家，只要结婚就一心一意过日子，牢牢守住家，这也是山西男人会疼老婆的由来。有人总结出山西女人的几个特点，一是勤快，打里照外，炕上地下，没有干不了的活儿；二是实在，这里的实在是没有虚荣心，最懂得量入为出，有多大的脑袋做多大的帽子；三是稳，不追求不切合实际的东西，安守本分，从没想过不劳而获；四是真，真性情，乐了就笑，恼了就哭，从不假模假式。

走在代县——滩上公路线上，东西向贯通无阻，朝南一路伸向远方，路上车来车往，中间三岔淤出一片三角区反倒成了闹中取静的孤岛。就见四五妇人坐在孤岛小桥栏上，一边晃腿，一边闲聊，一边看急吼吼来往的车。

一个脸宽，说："二组的人真不要脸，东西她们都拿，活儿全留给我们。"

一个腰窄，说："就是，咱也不用那么认真。咱认真扫一个礼拜，到下个礼拜了她们一天也不扫，再到下个礼拜，还是咱们扫。"

一个嘴尖，说："由她们呀！咱也不扫。反正扫和不扫都是一样的钱。"

一个眼白，说："从下个礼拜，咱也不扫。"

"不扫不行，领导看见了扣工资。"哟，这儿还蹲着一个男的呢，要不说话，还真没看见他呢。

走过去细一打听，原来是村里安排两个组打扫这一片大街。这五个显然是一组，正与另一组闹矛盾。两个组分两个礼拜来打扫，这一组扫得认真吃了亏，另一组不认真占了便宜。

眼白的说："你给评评理，都是一个月一千二百块，凭啥她们那一组不干，就叫我们这一组干？"

嘴尖的说："扫了也不落好。这大车一挂接着一挂，怎么可能扫干净。"

腰窄的说："这还有没有公平呀？"

脸宽的说："扫的总是认真扫，不扫的总是不好好扫。一年下来，人家不扫的人，簸箕和扫帚都是新的，我们呢，都磨秃了。"

就是，这还有没有公平，一年下来连个好簸箕和好扫帚都混不上。与乡亲们坐在一起闲聊往往能获取非常大的信息量，尤其是与女人坐在一起，用不了半刻钟就能摸出来脸宽的家里有几个孩子，腰窄的是不是在城里有房。虽然说的是一年到头能不能混下个好簸箕和好扫帚，但不能小看这种簸箕和扫帚的智慧，村里人家全凭细水长流，女人会不会过日子还真就体现在这簸箕扫帚的智慧里。男人是挣钱的耙，女人是耧钱的匣，男人有本事能挣钱回来，女人也得有本事让钱出不去。一个簸箕、一把扫帚、一罐盐、一袋醋、一壶油、一箱奶，哪个不用钱自己能飞到家里来？这儿省一点儿那儿省一点儿，左省一点儿右省一点儿，一年下来你算算，省下的可是不少。省下的就是挣下的。不会省还叫女人？

不论脸宽还是腰窄，不论嘴尖还是眼白，农村家庭没个女人你试试！

有了女人的家和院，你进去看。五间大正房，玻璃明花花，窗户纸花蓬蓬，院里种黄瓜种豆角，养一窝鸡有公有母，养一条狗油光水滑，养个养咩咩叫，养个牛挺老成。院子里放炭是放炭的地方，放柴是放柴的地方，放自行车是放自行车的地方。用荆棘条编一溜栅栏，栅栏沿上开满花，不是月季、石竹，就是大丽花和洋牡丹，妍丽得能把人眼睛晃瞎。

有了女人，光景虽然不富裕，但吃食从来不粗糙，光一个白萝卜就能给你腌制出十几种咸菜来，故而代县有"菜代州"之称，就是专门表扬代县女人会腌菜。"菜代州"名不虚传，普通人家每年大坛小瓮腌菜，腌制方法有泡菜、酱菜、湿腌、干腌。泡菜又分懒腌、倒腌、沤制、瓮儿等多种手法。酱菜里也分萝卜酱菜、苤蓝酱菜、洋姜酱菜等多种。多种腌制方法加工出酱菜、咸菜、酸菜、糖醋菜、坛菜、干咸菜、搅醋菜等。同样的菜也还能分出酸、甜、咸、辣等不同风味。

腌菜品种越多，品质越好，说明腌菜人想象空间越大，所以腌菜不是简单的腌菜，而是过日子的心性和创造。心性越高，创造力越强，日子就过得越红火，女人就越重要。

女人，是区别于男人的一种称呼，在《易经》中以“坤”称之。《象》曰：“用六永贞，以大终也。坤至柔，而动也刚，至静而德方，后得主而有常，含万物而化光。坤其道顺乎？承天而时行。”阴柔坤卦的总象，为纯、善、美、大、正，得以顺吉。

只有女性最理解女性。作为乡村医生，这么多年来，刘桂珍走遍十里八村看过的病人也是女性占比多。长年累月和辛勤劳作，日复一日，积劳成疾，南山脚下善良勤恳的女人们以柔弱之资与男人们一起战天斗地、平分秋色，她们有沉疴需要医治，有创伤需要抚慰，这个医治者和抚慰者就是刘桂珍。

一个乡村医生，一个四方药箱，几根银针，几把中草药，十里八村的人能把刘桂珍叫作“全能医生”，主要还不是因为她有什么起死回生的医疗技术，或是救死扶伤的灵丹妙药，主要还是能从她这里感受到抚慰与温情。因为她扎针不疼，因为她随叫随到，因为她不收诊疗费，因为她有一双晶晶亮的眼和一颗善良的心。

而刘桂珍却想用自己的技能或优势为南山脚下的女人们

做更多的事。村里一直没人担任专职妇代会主任，刘桂珍就主动承担起这项工作，她要思谋的事是怎样才能发挥妇女组织优势，让留守在家的姐妹们过上好日子。

为把工作做扎实，刘桂珍主动与邻近的王家会村联系，两村联建妇联组织。村妇联设主席一人、副主席四人、执行委员十五人，服务一百八十五名妇女群众。通过选举，刘桂珍当选为村妇联主席。这一次刘桂珍没有犹豫，也没有拒绝，而是立刻与其他妇联干部一起，带领妇女姐妹们建起“妇女之家”和“农家书屋”，又积极组织姐妹们参加乡里、县里组织的文艺活动。此外，村妇联还先后组织三十多名妇女姐妹制作剪纸、刺绣、草席等手工艺品，并积极拓展外销渠道，大大提高了妇女们的收入。

村里要发展油松苗种植产业，刘桂珍学习申纪兰精神，动员妇女姐妹们参与种植和学习。在掌握种植的技术和收购与销售的门路上，姐妹们充分施展自己的本领，用自己的双手和智慧，闯出自己的一片天。

“半边天”的力量大。有一次李玉霞在卖苗木时，买家着急催货，但李玉霞因劳力少不能及时发货，眼看买卖就要泡汤，刘桂珍与妇联主席协商后，组织二十多名妇女赶到地头，在最短时间内帮助李玉霞把苗木及时送到买家手中。

山西的“半边天”们似乎一直就是时代最先锋。比较家喻户晓的两个代表人物就是申纪兰和郭凤莲。

申纪兰，女，山西平顺县人。1946 年参加工作，1951 年任西沟村初级农业合作社副社长。上任后申纪兰就发动妇女参与生产，将“吃汉”“穿汉”的封建思想彻底撕碎。为了保障妇女的劳动权益，她积极地在当地促成了男女同工同酬，随后得到全国一致认可，被写入宪法，成为深入人心的原则。此后，为了建设社会主义，申纪兰在自然条件恶劣的平顺县西沟村上山种树、治理河流，为当地的农业和生态环境作出了突出贡献。申纪兰带领的“娘子军”，向天下昭告着女性的执着与勇敢。2019 年 9 月 17 日，国家主席习近平签署主席令，授予申纪兰“共和国勋章”。

郭凤莲，女，山西昔阳县人，全国人大代表，获第七届“中国十大女杰”和“全国优秀党务工作者”称号。在“农业学大寨”那个特殊年代里，被称为“铁姑娘”的郭凤莲与大寨一起站在历史舞台上，自发组织“大寨女子突击队”与大寨人一起

刘桂珍参加中国共产党第二十次全国代表大会时在人民大会堂前留影

生产自救，为改变生活做出巨大贡献，直到如今艰苦奋斗的“大寨精神”也是中国最需要的民族精神。随着改革开放，郭凤莲迅速转换身份，紧跟时代步伐开始二次创业。她大力推进村办企业和第三产业的发展，走农工商一体的路子，带领大寨企业经历了村办小作坊到规模化、专业化、品牌化的发展。

同一方水土，刘桂珍在默默耕耘自己人生的时候不会想到，自己有一天会像申纪兰、郭凤莲那样，成为全国劳模，成为人大代表，成为党代表。2022年5月31日，刘桂珍当选党的二十大代表的消息传回段家湾，“这个安静的小山村沸腾了”。这是《山西画报》2022年10月13日一篇题为《代县段家湾村党支部书记刘桂珍——四十余载扎根奉献山村》的报道中写的一句话。在这篇报道里，记者饱含深情说道：“县里的领导、乡里的干部。村里的乡亲，以及刘桂珍的亲朋好友都为她送来祝福。乡亲们激动地说，他们做梦也没想这个百十来口人的小山村能走出一名全国党代表。”

站在南山高处，刘桂珍看峪水潺潺，看村委会院里招展的红旗，看宽阔的公路横穿段家湾，看段家湾一天比一天兴旺，内心里起了自豪，同时也更坚定了她全心全意为人民服务的信心。下一步，段家湾要采取“合作社＋基地＋农户”的模式，巩固发展以苗木为主的生态种植业，积极推进育苗产业基地提升、扩量、增效；利用代县盛产酥梨优势，采取村集体及村民各类资金、资产入股合作的方式，生产和打造生态梨膏；按照“村委规划用地＋实体公司承担＋农户就业”的产业模式打造艾叶、代半夏、黄芩等药材种植基地；利用搬迁村野生艾草大面积生长优势，从事低投入的养生艾绒或艾条加工……

开启

入冬了，天气逐渐清冷。段家湾村又用这一季为自己画像：收回来的玉米整整齐齐垛在院里，萝卜和白菜都入了窖，屋檐下今年夏天挂上去的艾草条已经风干；春天孵出的小鸡仔都已经长大，那只昂首阔步的小公鸡每天都在打鸣；三花猫的孩子们个个武功高强，除了在太阳下打盹，更多的时候在飞檐走壁；三五个村民在村口站住，说一说今年的收成和开销，以及远在广州打工的女婿。段家湾收敛入定，把自己稳稳地扎在南山脚下等待下一轮春天的来临。村委会走出来刘桂珍，她短头发，黑棉衣，一双眼睛晶晶亮，胸前别着一枚明亮的党徽。刘桂珍及其父辈两代共产党人的成长，是中国共产党历史的一个缩影。面对日寇入侵，刘白小这样的共产党人挺身而出，在山河沦陷之际展现出了中国共产党人以及中国人的脊梁。而在波澜壮阔的社会主义建设道路上，刘桂珍接过了父辈的重任，投身于脱贫攻坚这样一场伟大战役之中。如今，党的二十大如洪钟一般向全世界宣告着社会主义建设的阶段性成果。作为伟大征程中的一名士兵，刘桂珍怎能不自豪，又怎能不对未来充满渴望？

问她学习党的二十大心得时，她这样回答：

> 我来自一个小山村，是党培养了我。在现场聆听了习近平总书记做的报告，我的心情激动不已！党的二十大报告提到“全面推进乡村振兴”，“坚持农业农村优先发展……加快建设农业强国，扎实推动乡村产业、人才、文化、生态、组织振兴”。我对家乡的发展充满了信心与期待，干劲儿更足了。
>
> 这些年，我们村发生了翻天覆地的变化，乡亲们脱了贫，奔向全面小康，村里的好风光还引来了很多游客，大家高兴地说：“这是共产党给我们带来

的福。”

如今，脱贫攻坚伟大成就已载入史册，全面推进乡村振兴的新蓝图已经绘就。在新征程上，我们要乘势而上、持续奋斗，让希望的田野结满丰收的果实。

经历过这样伟大的斗争，建设过这样伟大的工程，就有一切理由相信，中华民族伟大复兴终将实现！

刘桂珍主要经历及荣誉

1963 年 1 月，出生于山西省忻州市代县峪口镇段家湾村。

1977 年 7 月，从代县峪口公社东章高中毕业。

1978 年 10 月，从代县五七大学第三期枣林卫生班毕业。

1978 年 11 月至今，任峪口镇段家湾村的“乡村医生”。

1988 年—2017 年，任峪口镇段家湾村的“乡村教师”。

1996 年 11 月，任峪口镇段家湾村党支部书记。

2003 年 11 月，任峪口镇段家湾村村民委员会主任。

2014 年 4 月，忻州劳动竞赛委员会授予“忻州市五一劳动奖章”。

2014 年 7 月，被忻州市妇女联合会评为“忻州市文明和谐家庭”。

2015 年 12 月，忻州市精神文明建设指导委员会授予“忻州好人”荣誉称号。

2016 年 6 月，被中共忻州市委评为“优秀共产党员”。

2017 年 5 月，被忻州市妇女联合会评为“三八红旗手”。

2017 年 6 月，中共山西省委组织部授予“全省优秀村党组织书记”称号。

2017 年 8 月，人力资源和社会保障部、国家卫生和计划生育委员会、国家中医药管理局授予“全国卫生计生系统劳动模范”荣誉称号。

2017 年 8 月，被山西省千山万水公益基金会评为“2017 年度最美乡村教师”。

2017 年 10 月，忻州市老龄委授予“孝亲敬老模范个人”荣誉称号。

2017 年 12 月，人力资源和社会保障部、农业农村部授予“全国农业劳动模范”称号。

2017 年 12 月，人力资源社会保障部、国务院扶贫办授予“全国脱贫攻坚模范”称号。

2017 年 12 月，在“医药卫生界生命英雄推选活动”中，被推荐为生命英雄基层之星。

2017年12月，被山西省第十八届大众科技论坛组织委员会、山西科技富民万村行新闻采访团评为“山西三十佳创新建功女杰”。

2018年2月，忻州市脱贫攻坚领导小组授予“忻州市脱贫攻坚特别奖”。

2018年2月，获山西省人力资源和社会保障厅、山西省扶贫开发办公室颁发的“山西省脱贫攻坚奖奋进奖”。

2018年2月，山西省精神文明建设指导委员会授予“2016-2017年度山西省文明家庭称号”。

2018年3月，获山西农民报颁发的“2017年度服务‘三农’特别贡献奖”。

2018年3月，中华全国妇女联合会授予“全国三八红旗手”荣誉称号。

2018年3月，被忻州市妇女联合会授予脱贫致富“最美女性”荣誉称号。

2018年4月，被山西日报报业集团、感动山西组委会评为“2017感动山西十大人物”。

2018年4月，山西省劳动竞赛委员会授予“山西省五一劳动奖章”。

2018 年 4 月，山西省妇女联合会、山西广播电视台举办的寻找山西“最美女性”活动中，被评为山西“魅力女性”。

2018 年 5 月，中华全国妇女联合会授予“第十一届全国五好家庭”荣誉称号。

2018 年 7 月，在中央文明办、国家卫生健康委员会组织的“我推荐我评议身边好人”评选活动中，被评为“中国好医生、中国好护士”月度人物。

2018 年 8 月，忻州市卫生和计划生育委员会授予“忻州乡村好医师”荣誉称号。

2018 年 11 月，被山西最美村干部评委会评选为“山西最美村干部”。

2018 年 12 月，山西省第十九届大众科技论坛组织委员会、山西科技富民万村行新闻采访团授予“改革开放 40 年山西十大人民英雄”荣誉称号。

2019 年 4 月 28 日，中共山西省委、山西省人民政府授予“山西省特级劳动模范”荣誉称号。

2020 年 10 月，中华全国妇女联合会授予“全国三八红旗手标兵”荣誉称号。

2020 年 11 月，中国共产党中央委员会、国务院授予“全国劳动模范”荣誉称号。

2021 年 6 月，中国共产党中央委员会授予“全国优秀党务工作者”荣誉称号。

2022 年 5 月 31 日，在中国共产党山西省代表会议上，光荣当选为中国共产党第二十次全国代表大会代表。

2022 年 12 月，在第八届感动百姓 · 寻找乡村爱心故事活动中，荣获“山西乡村爱心大使”荣誉称号。